청소년을 위한

정의의 올바른 이해

청소년을 위한
정의의 올바른 이해

초판 1쇄 인쇄 | 2014. 5. 5
초판 1쇄 발행 | 2014. 5. 10

지은이 | 유재화
펴낸곳 | 자유로운상상
디자인 · 편집 | 블룸

등록 | 2002년 9월 11일(제 13-786호)
주소 | 서울시 성북구 장위동 231-187 102호
전화 | 02-392-1950   팩스 | 02-363-1950
이메일 | hks33@hanmail.net

ISBN 978-89-90805-59-1 43800

JUSTICE

청소년을 위한 유재화 지음

정의의 올바른 이해

자유로운상상

CONTENTS

머리말

뉴스에서는 거의 날마다 사회의 부정부패, 사람들 사이의 온갖 비리와 험악한 사건 소식이 끊이지 않는다. 뉴스만 놓고 볼 때 우리가 사는 세상은 이미 정의와 도덕이 사라진 세기말에 가깝다. 그러나 그렇게 시끄러운 세상의 한편에서는 마음을 따뜻하게 하는 소식 또한 끊이지 않는다. 그래서 사람들은 '아직은 살 만한 세상'이라고 말하는 것일까.

어떤 이가 소외된 이웃을 위해 전 재산을 내놓았다거나 위험을 무릅쓰고 마을금고에 침입한 강도를 막아냈다는 소식을 들을 때, 또 운동 경기에서 부정을 저지르고 우승컵을 거머쥔 채 활짝 웃는 비열한 우승자의 얼굴을 볼 때도 우리의 머릿속에 떠오르는 단어는 바로 '정의'다. 함께 잘 사는 사회를 위해 노력하는 모습에서 우리는 도덕적 삶에 대해 생각하게 되고, 다른 한편 부정행위를 한 당사자와 그를 눈감아주는 심판의 한심한 합작을 보며 양심과 도덕이 무너진 현실이 얼마나 추악한가를 확인하게 되는 것이다.

부정과 비양심이 판치고 있는 가운데서도 이 세상이 아직 이렇게 건재한 이유는 여전히 한쪽에서는 지렛대처럼 그 힘에 맞서 정의와 도덕을 지키려고 노력하는 개미 같은 우리가 있기 때문이 아닐까. 옳은 일을 하면 기분이 좋고 부정한 일을 당하면 억울함을 느끼는 것 역시 바로 우리 마음속에 정의로운 신념이 살아 있기 때문일 것이다.

서로 어울려 사는 사회를 구성하고 유지하는 공정한 도리를 정의라고 할 때, 정의니 도덕이니 하는 말의 의미는 거창한 철학 이론을 끌어오지 않더라도 순간 순간 경험하는 우리 주변의 사건들 속에서 찾을 수 있다.

　이 책은 우리 청소년들이 주위에서 쉽게 접할 수 있는 다양한 사회문제, 불확실한 미래와 지구환경문제, 기아문제 등 다양한 사건과 관심사를 가지고 무엇이 올바른 선택인가를 고민하는 과정을 통해 정의와 도덕의 의미에 한 걸음 더 다가가려는 의도로 기획되었다.

　옳은 일을 하면서도 과연 그것이 옳았는지 반추해보고, 나에게 옳은 일이 상대에게도 옳은 일이 되는지에 대해 고민해보기를 바란다. 또한 인간의 이기심을 충족시키기 위해 희생되는 다른 생명들에게 공감하며, 정의 실현을 위해 동원되는 방법이 정의롭지 않은 상황에서 혼란을 경험하고, 어떤 행동에 있어 중요한 것은 무엇인지 곰곰이 생각해보는 시간을 가져보기를 바란다.

　대부분의 사안에는 동전의 양면과 같은 이중성이 존재한다. 긍정적인 면이 있는가 하면 부정적인 면이 있고, 도덕적인가 하면 비도덕적인 측면이 있을 수 있다. 사회의 다양한 문제들을 들여다보면 과연 무엇이 진정으로 옳은 일인가, 무엇이 정의로운 판단인가에 대해 생각해보게 될 것이다.

　어쩌면 정해진 답은 없을지도 모른다. 1+1=2와 같은 수학 논리가 아니기 때문이다. 이 책의 목적은 단 하나의 정답을 찾는 것이 아니라 옳은 판단과 현명한 사고를 위해 고민하는 과정의 훈련에 있다. 아울러 다양한 사고 과정을 통해 우리 모두가 진정한 정의와 자유, 공동선의 실현에 한 걸음 더 다가가기를 바란다.

유재화

JUSTICE

CHAPTER
01

무엇이 옳은가?

빈 라덴 사살, 정의는 실현되었나

2001년 9월 11일 오전, 뉴욕 외곽의 한 초등학교 3학년 마이클은 수업 도중 선생님에게 놀라운 소식을 듣게 되었다.

"여러분, 방금 전 세계무역센터 빌딩과 워싱턴의 국방부 건물이 테러범들에게 테러를 당했습니다! 오늘은 수업을 중단하겠으니 일단 집으로 돌아가 가족들과 함께 있도록 하세요."

아이들은 테러라는 말에 적잖이 놀랐지만 선생님의 지시에 따라 침착하게 집으로 돌아갔다. 역사상 유례가 없는 사건이 터진 그날, 마이클의 아버지 존슨 씨는 테러범들이 탈취해서 세계무역센터 건물과 충돌시킨 비행기에 탑승하고 있었다. 아홉 살의 어린 마이클과 그의 가족들은 나중에 그 사실을 알고 큰 충격에 빠졌다.

"제발, 아버지가 무사히 집으로 돌아올 수 있게 해주세요."

마이클이 간절히 기도했지만 존슨 씨는 끝내 가족에게 돌아오지 못했다. 가족들은 불의의 사고로 떠난 아버지를 그리워하는 한편 테러를 일으킨 세력에 대해 깊은 분노를 안은 채 살아가게 되었다.

그 일이 있고 십여 년이 지난 2011년 5월 1일 밤, 늦게까지 컴퓨터 앞에 앉아 있던 마이클은 대통령의 특별 성명을 접하게 되었다. 오바마 대통령은 빈 라덴 사살 소식을 전하며 세상을 향해 말했다.

"빈 라덴의 사망은 테러와의 전쟁에서 가장 중대한 성과 가운데 하나입니다. 마침내 정의가 실현됐습니다!"

그 뉴스는 많은 사람들에게 기쁨을 안겨주었을 뿐 아니라 전 세계를 깜짝 놀라게 했다. 9·11 테러 이후 10년이 흘러 어느새 국제정치학을 공부하는 대학생이 된 마이클도 그 뉴스를 보며 잠시 아득한 느낌에 사로잡혔다.

"정말? 아버지뿐 아니라 수많은 사람들의 목숨을 앗아간 빈 라덴이 세상에서 사라졌다고? 그게 정말이야? 아, 믿을 수가 없어!"

다음 순간 마이클은 오랫동안 목구멍을 막고 있던 무언가가 뻥 뚫리는 느낌을 받았다. 그날 마이클은 어머니, 누나와 함께 얼싸안고 기쁨의 눈물을 흘렸고 밤늦게까지 잠을 이루지 못했다.

2011년 5월 1일, 10년이나 미국의 추적을 피해온 알카에다의 핵심 세력 오사마 빈 라덴이 마침내 제거되었다. 그는 9·11 테러를 주도해 수천 명의 무고한 생명을 희생시킨 희대의 테러리스트로 지목되며 미국은 물론 전 세계에서 공공의 적으로 간주되어왔다. 더욱이 그는 세계 평화와 안정을 위협하는 '악의 축'을 상징하는 극단적 존재로 여겨지던 인물이다.

그런 그가 수년 동안 숨어 지내던 은신처를 기습한 미국 특수부대에게 현장에서 사살당하기에 이른 것이다. 그런데 시간이 흐를수록 그의 죽음과 관련된 새로운 소식들이 전해지면서 적잖은 혼란이 일었다. 즉, 애초에는 은신처에 숨어 있던 빈 라덴과 그의 추종자들이 마지막 순간에 크게 저항했다고 알려졌다. 그런데 미국 특수부대원들이 급습했을 때 그는 정작 무기도 없었을 뿐 아니라 자신의 어린 딸이 지켜보는 앞에서 사실상의 처형을 당했다는 보도가 이어졌던 것이다. 이 보도를 접하자 사람들은 무조건 환호할 수만은 없었다.

9·11 테러 이후 국제정치 분야에 관심을 가지게 된 마이클은 이어지는 뉴스를 접하며 미국이 빈 라덴을 사살한 것이 과연 정당한가에 대해 의문을 품기 시작했다. 또한 빈 라덴 사살 후 오바마 대통령이 단번에 국민적 영웅으로 떠오르는 것을 보면서 여러 가지 생각을 하게 되었다.

빈 라덴은 미국 등 서방세계에는 '절대 악'으로 적군이었으나, 다른 한편에서는 영웅적인 존재였다는 것은 부인할 수 없는 사실이었다. 그는 미국과 서구의 폭력적 중동 지배와 개입에 맞서 싸우며 이슬람 저항운동을 이끈 지도자였던 것이다. 이슬람 저항운동은 서구 열강의 세력 다툼 속에서 스스로의 의지와 상관없이 휘둘려온 운명적 현실에 대한 오랜 불만과 고통을 담아내는 하나의 방편이었다. 그들의 정치적 테러는 저항운동의 한 방편으로 서구 세력과의 불균형한 전력을 만회하기 위한 여러 수단들 중 하나였다. 이처럼 전혀 다른 양측의 입장에 따라 동전의 양면처럼 영웅 또는 절대 악으로 평가되는 것이다.

어쨌든 누가 영웅이고 누가 절대 악이든 먼저 칼을 뽑아 상대의 심장을 겨누는 자가 가장 먼저 내뱉는 소리가 바로 "정의를 실현했다!"가 아닐까. 미국과 서방세계의 입장에서 보면 빈 라덴의 제거는 그동안 지속되어 온 테러와의 전쟁에 한 획을 긋는 중대한 사건임에 틀림없다. 하지만 그로써 과연 악은 제거되고 정의는 정말 실현되었을까. 그가 알카에다의 중요 인물인 것은 사실이지만 한 사람의 죽음으로 그 세력이 세상에서 완전히 무너지거나 사라지지는 않을 것이다.

빈 라덴의 사망 소식이 알려지자 추종 세력들의 분노가 더욱 커졌을 뿐 아니라 9·11 테러를 능가하는 보복 테러에 대한 우려가 높아지고 있는 것만 봐도 알 수 있다. 정의 실현을 위해 이슬람 테러 집단의 중심 존재를 제거한 미국의 의도와는 달리 그날 이후로도 세계는 결코 전보다 더 정의로워지거나 평화로워 보이지 않는다. 오히려 한편으로는 더 극적인 갈등 상황으로 치닫게 될 공산이 커졌다.

그것은 미국이 정의를 실현하기 위해 사용했다고 하는 방법이 전혀 정의롭지 않았기 때문일 것이다. 빈 라덴이 테러의 주범이라 해도, 수천 명의 목숨을 앗아간 테러범에 대한 응징이 아무리 당연하다 해도 비무장 상태로 현장에서 사살한 것은 정의와는 거리가 먼 방법이었다. 아무리 의도가 옳다 해도 그것을 실행에 옮기는 수단 역시 올바른 것이어야 하지 않겠는가.

특히 그는 9·11 테러를 사주했다는 혐의가 있을 뿐 죄가 명백히 밝혀진 것이 아니었으므로 생포 후 재판을 거쳐 그에 합당한 벌을 내리는 절차가 필요했다. 그 모든 절차를 무시한 채 현장에서 곧바로 '처형'한 행위는 명백한 국제법 위반일 뿐 어디에서도 정의를 찾기는 어렵다고 마이클은 생각했다.

결국 마이클은 이런 결론에 도달했다.

"빈 라덴 사살은 9·11 사태로 사랑하는 이들을 잃은 사람들의 마음에 일시적 만족감을 줄 수 있을지는 몰라도 장기적으로는 오히려 세계 평화와 안전에 더 큰 위험을 초래할 빌미가 될 거야!"

우리는 지난 역사를 통해 폭력에 대항해 폭력으로 응수할 경우 더 큰 불행을 초래한다는 것을 이미 알고 있다. 9·11 테러 이후 미국이 보인 태도만 보아도 그렇다. 그들은 즉각 아프가니스탄과 이라크에서 일종의 보복 전쟁에 돌입하지 않았는가.

그런데도 미군이 빈 라덴을 그렇게 사살해버린 데는 또 다른 이유가 감춰져 있을 수도 있다. 아니면 그저 단순한 판단 착오에 불과한 사건일까.

미국은 폭력과 전쟁의 고리를 끊기 위해 더 큰 폭력을 행사함으로써 상대를 제압하고 세계 평화와 인류 행복을 위해 악을 제거했으며, 그로써 정의를 실현했다고 말한다. 위험한 한 인물을 없애는 것으로 세계 평화와 정의가 실현된다면 얼마나 좋겠는가. 궁극적으로 진정한 정의는 이해관계를 달리하는 쌍방 모두에게 이의 없이 받아들여

질 때 비로소 실현되는 것이다.

과연 정의란 무엇이며 어떻게 실현되어야 하는가. 미국이 선택한 방법 외에 또 다른 대안은 없는지 생각해보자. 모두에게 궁극적인 선이 아니라 어느 한쪽의 고통과 분노를 증폭시키며 쟁취한 정의와 선은 과연 어떤 의미인가.

폭력과 보복으로 얼룩진 불안한 평화와 불완전한 정의 앞에서 숨죽이기보다는 이제 젊은 우리가 인식의 전환을 통해 궁극적인 답을 찾아가는 노력을 기울여야 한다.

진정한 세계 평화와 정의 실현을 위해 필요한 것은 무엇일까.

리틀 맘·리틀 대디

공부도 잘하고 통솔력이 좋아 전교 회장까지 맡고 있는 S여고 2학년 지영이는 어느 날 자기 몸에서 변화가 일어나고 있음을 알게 되었다. K시내 고등학교 회장단 모임에서 만난 P고교 회장 성준이와 사귀던 중 호기심으로 저지른 단 한 번의 일이 초래한 결과였다. 누가 봐도 모범생인 지영이는 눈앞이 캄캄해져 앞날을 걱정했다.

"어떡하지? 이제 열일곱 살인데 아기를 낳을 수도 없고, 그렇다고 생명을 어떻게 할 수도 없고… 엄마 아빠가 이 사실을 알면……."

아무리 생각해도 뾰족한 대책이 떠오르지 않았다. 지영이는 일단 이 사실을 남자 친구 성준이에게 알렸다. 뜻밖의 소식에 얼굴이 하얗게 질린 것은 성준이도 마찬가지였다. 그날 이후 석 달이 넘도록 머리를 싸매고 고민하던 두 사람은 아기를 포기하지 않겠다고 결심한 뒤 부모에게 이 사실을 알리기로 했다.

다음 날, 지영이와 성준이에게 이야기를 들은 양가 부모는 너무 놀란 나머지 입을 다물지 못했다. 겨우 마음을 진정시킨 성준이 어머니가 먼저 입을 열었다.

"아니, 이게 무슨 일이니? 아이가 생겨? 나 참, 기가 차서 말도 안 나오네."

지영이 어머니도 옆에서 한마디 거들었다.

"그러게요. 공부 열심히 해서 좋은 대학에 갈 생각이나 할 것이지, 머리에 피도 안 마른 것들이 못된 짓거리나 하고 다녀!"

성준이가 머뭇거리며 말했다.

"죄송해요. 하지만 일단 일은 벌어졌고, 저희 힘으로는 해결하기 어려워서 도움을 청하는 거예요."

"그래, 지금이라도 빨리 병원에 가면 될 거야. 어휴, 속상해!"

성준이 어머니가 이렇게 대책을 내놓자 지영이 어머니가 발끈하고 나섰다.

"잠깐만요, 지금 뭐라고 하셨어요? 병원이요? 이 어린애를 데려다

수술대에 누인다고요? 이 나이에 낙태라뇨! 아무리 그래도 생명은 소중한 거예요."

그러자 성준이 아버지가 되받았다.

"생명이 아무리 소중해도 그렇지, 그 애를 누가 키웁니까? 이제 열일곱 살 애들이 애를 키우겠어요? 방법이 없잖아요?"

"성준이 부모님, 아들 가졌다고 한 발 물러나서 그렇게 말씀하시면 서운합니다. 저희 딸도 잘한 건 없지만 두 아이 모두 책임이 있는데, 무조건 애를 지우는 쪽으로 말씀하시면 우리 딸애의 상처만 너무 크잖아요. 좀 더 좋은 방법을 찾아봐야 하지 않겠습니까?"

지영이 아버지도 딸이 걱정스러워 조심스레 말했다.

양쪽 부모들이 서로 언성을 높이는 것을 지켜보던 지영이가 조용히 입을 열었다.

"부모님들이 걱정하시는 건 알지만, 저희는 아기를 낳고 싶어요."

"네, 저희가 아직 어리기는 하지만 부모님이 조금만 도와주시면 잘 헤쳐나갈 수 있을 거예요. 저희의 뜻을 존중해주셨으면 합니다."

성준이도 의사를 분명히 표현했다. 하지만 어른들은 아이들의 의견에 절대 동의할 수 없었다.

"아기를 낳는다고? 말이 되는 소릴 해! 넌 대학도 가고 군대도 다녀와야 해. 게다가 돈을 벌어야 아이를 먹여 살릴 게 아니냐? 지금 당장 애를 낳아서 뭘 어쩌겠다는 거냐?"

"공부도 다 때가 있는 건데, 지금 학교를 중퇴하면 어디 취직이라도 쉽게 될 줄 아니? 이게 다 너희 둘의 미래를 위해서 하는 소리야. 지금은 때가 아니니까 이번엔 포기하고, 나중에 정식으로 결혼이라도 하게 되면 그때 낳아도 늦지 않아!"

성준이 부모의 말에 지영이 부모도 흔들리기 시작했다.

"그래, 지영아. 여자 몸에 좀 무리가 가는 일이기는 하지만, 당장을 생각지 말고 멀리 내다보면 아기가 걸림돌이 되지 않겠니? 넌 외교관이 되고 싶다고 했잖아? 그러려면 앞으로도 공부를 남보다 더 길게 해야 할 텐데 지금 아기를 낳겠다고? 네 꿈을 포기하면서까지 낳아서 길러야 할 만큼 그 아기가 소중하니?"

아버지가 조심스럽게 묻자 지영이는 눈물을 흘리며 하소연했다.

"물론 제 인생은 정말 소중하고 앞으로의 꿈도 포기할 생각 없어요. 다만 그 시기를 조금만 늦추려는 거예요. 제 꿈만큼 배 속의 새 생명도 소중해요. 제발 저희를 도와주세요!"

요즘에는 '리틀 맘'이라는 새로운 호칭이 생겨났지만, 아직 결혼하지 않은 상태에서 아이를 낳은 여성을 미혼모(남자인 경우 미혼부)라 불러왔다. 미혼모 또는 리틀 맘의 연령은 대체로 15~19세가 다수인 것으로 조사되고 있다. 최근 들어 학교나 공중화장실에서 갓난아기를 발견했다는 뉴스가 종종 보인다. 어린 나이에 아기를 낳은 뒤 두려운 나머지 그대로 방치하고 사라지는 바람에 주변에서 울음소리를 듣고 아이를 발견하게 되는 것이다.

　주로 어른들에게 보호받지 못하는 환경에 있는 청소년이 리틀 맘이 되는 경우가 많지만, 아직 공부할 나이에 부모가 되는 청소년의 연령대가 점점 낮아지고 있는 데는 어른들의 책임이 적지 않다. 윗물이 맑아야 아랫물도 맑다고 하지 않았는가. 밝고 순수해야 할 청소년들이 어느 틈엔가 그들만의 시절을 누리지 못한 채 겉늙어버렸다. 겉모습은 어리지만 그들의 내면은 이미 어른들의 세상 속으로 함몰된 것일지도 모른다.

　어떤 이유로 어린 나이에 부모가 될 처지에 놓였든 세상에 소중하지 않은 생명은 없다. 뜻밖에 잉태된 생명을 지키려는 리틀 맘ㆍ리틀 대디(성준이와 지영이)와 자기 자녀들의 장래를 위해 그 생명을 포기하라고 강권하는 부모들. 그들 사이의 갈등은 어떻게 해결되어야 할까.

　아직 경제적ㆍ사회적으로 책임능력도 없는 미성년자의 신분으로 한 생명을 책임지겠다는 두 아이는 무조건 비난받을 수밖에 없을까. 대책 없이 일을 벌여놓고 무작정 부모의 도움을 바라는 것이 한편으로는 무모해 보이기도 한다. 과연 아이를 낳는 것만이 모두를 위한 최선이며 올바른 선택일까.

　세태가 아무리 변했다고 해도 부모의 입장에서는 겨우 열일곱의 어린 나이에 이성 교제를 하고 게다가 임신에까지 이르렀다는 사실에 당혹감과 충격을 쉽게 가라앉히기 어렵다. 무엇보다 아직 학업을 마치지 않은 아이들의 장래가 가장 걱정스러울 것이다. 그러므로 어른들로서는 배 속의 아기를 포기하는 것만이 최선이라고 생각할 수밖에 없다. 그러나 한 생명의 앞날을 좌지우지할 권한은 누구에게도 없다. 부모들의 선택이 과연 옳은 것일까.

리틀 맘 · 리틀 대디와 양 부모들의 선택 가운데 좀 더 도덕적인 것은 어느 쪽일까. 만약 내가 지영이와 성준이라면 어떻게 할 것인가. 윤리와 도덕을 위배하지 않고도 모두 행복할 수 있는 최선은 무엇인지 생각해보자. 누구에게나 일어나지는 않지만 또 누구에게든 일어날 수 있는 이런 경우 우리가 가장 중요시해야 할 가치의 기준은 무엇일까 고민해보자.

선로에 떨어진 노숙자를 구하다

한겨울 추위가 고스란히 가라앉아 있는 이른 시각, 정철이는 지하철 2호선 ○○○역 승강장에 들어섰다. 정철이는 후년에 대학에 가기 위해 방학마다 아르바이트를 하며 열심히 돈을 모으고 있었다. 홀어머니와 사는 정철이는 가정형편이 별로 좋지 않은 가운데서도 공부를 더 하고 싶어 아르바이트를 할 만큼 의지가 굳었다.

그날도 정철이는 일을 하러 새벽길을 나섰다. 전철 승강장에는 첫

차를 타고 일터로 가는 사람들이 외투 속에 감춘 어깨를 잔뜩 움츠린 채 서성이고 있었다. 그중 계절에 맞지 않는 남루한 옷차림의 남자가 특히 사람들의 시선을 끌었다. 잠시 후 전동차가 들어온다는 방송이 나오자 그는 힘들고 지친 걸음으로 승강장 안전선 가까이 다가갔다. 사람들은 당연히 그가 노란 선 근처에서 멈출 것으로 생각했지만 뜻밖의 상황이 벌어졌다. 그 남자의 몸이 갑자기 휘청하더니 순식간에 전철 선로 쪽으로 떨어져버린 것이다.

쿵 소리와 함께 사람들이 몰려들었다.

"사람이 떨어졌다!"

전동차가 금방이라도 들어올 듯 벨소리가 요란하게 울려퍼지자 승강장은 갑자기 혼란에 빠졌다. 곧 들이닥칠 전동차가 두려워 누구도 선뜻 구할 엄두를 내지 못한 채 발만 동동 굴렀다.

그때 건너편 승강장에서 그 광경을 지켜보던 정철이가 재빨리 선로로 뛰어내리더니 쏜살같이 그를 향해 몸을 날렸다. 그러고는 전동차가 막 들어서는 순간, 간발의 차이로 승강장 아래쪽의 공간으로 남자를 떠밀어 함께 몸을 피했다. 모든 상황이 섬광처럼 순식간에 명멸했다. 시간이 조금만 더 있었다면 좀 더 적절한 조치를 취했겠지만 그럴 겨를이 없었던 것이다.

"어머나, 세상에… 살았어요!"

"둘 다 죽은 건 아니고?"

"아이고, 십년감수했네!"

전동차를 기다리다 그 상황을 지켜본 사람들과 막 들어온 전동차에서 내린 승객들, 기관사는 물론 CCTV로 뒤늦게나마 상황을 파악하고 달려온 역무원 등이 뒤엉켜 승강장은 몹시 혼잡했다.

잠시 후 상황이 정리되자 승강장 아래쪽으로 숨었던 두 사람이 모습을 드러냈다. 중심을 잃고 선로로 떨어졌던 남자의 머리에서 피가 흘렀지만 그 밖에는 무사했다.

그런데 정철이는 뜻밖의 부상을 입고 말았다. 선로에 뛰어내릴 때 한쪽 발목에 무리한 충격이 가해져 뼈가 손상되고 만 것이다. 사람을 구해야 한다는 생각이 앞서 자신이 다칠 수도 있다는 것을 미처 예상치 못했던 것이다.

"죽을 뻔한 사람 구하느라 둘 다 죽을 뻔했네!"

"아휴, 좋은 일 하기도 쉽지 않아. 저렇게 자기 몸이 다칠 수도 있으니……."

사람들은 정철이의 용감한 행동에 박수를 보내면서도 그가 본의 아니게 피해를 보게 된 것에 걱정스런 반응을 보였다.

정철이의 도움을 받은 남자는 몇 년 전 실직한 뒤 집을 나와 거리를 방황하던 노숙자였다. 그는 그날 아침 자신의 절망스러운 삶을 마감하려 했다고 울먹였다. 모질게 마음먹고 죽으려고 뛰어들었던 그로서는 목숨을 구한 것이 기쁘기보다는 난감한 일이었다. 자기가 도움을 청한 것도 아닌데 자기 때문에 부상을 입은 사람에게 보답할 방법이 없었기 때문이다.

그는 정철이를 원망하며 말했다.

"누가 구해달라고 했어요? 난 치료비고 뭐고 주고 싶어도 줄 게 아무것도 없어요."

한 사람을 살렸다는 기쁨도 잠시 발목의 통증이 커질수록 정철이는 왠지 억울한 느낌이 드는 것을 어쩔 수 없었다. 좋은 뜻으로 한 행동인데 원망을 들은 데다가 부상까지 당하고보니 앞으로가 막막해졌기 때문이다.

우리는 어릴 때부터 나보다 어려운 사람을 도와주어야 한다고 배웠다. 눈앞에서 어려운 상황에 처한 사람을 외면하고 지나치는 게 쉬운 일도 아니다. 그리고 누군가를 도와주고 나면 나 자신에게 변화가 생기는 것도 사실이다. 가슴이 뿌듯하고 자긍심이 커지며 나아가 정의를 실천했다는 자기만족을 느끼기도 하는 것이다. 그러므로 거지에게 적선을 하고, 몸이 불편한 사람을 도와주고, 위기 상황에서 주저 없이 한 사람의 생명을 구하는 것 등은 도덕적으로 옳은 일임에 틀림없다.

정철이도 어느 날 우연히 바로 그런 정의의 사나이가 되었다. 전철을 타려고 기다리던 중 선로에 떨어진 남자를 구한 것이다. 두 사람다 무사했으니 그보다 다행스러울 게 없다. 정철이는 누구도 쉽게 하기 어려운 일을 해낸 정의로운 청년임에 틀림없다. 스스로도 사람을 구한 데 대해 기쁨과 자긍심을 느낄 만하다. 그런데 정신을 차리고 상황을 파악하고 나니 후회가 밀려오기 시작한다.

정철이는 왜 그런 심정이 되었을까. 그는 선로에 떨어진 사람의 목숨을 구했음에도 엉뚱한 원망을 듣게 되었다. 더구나 부상까지 입었다. 다른 사람 같으면 좋은 일 하다 다쳤으니 그냥 좋은 마음으로 치료하면 끝날 일이지만, 정철이는 대수롭게 넘길 수 없는 입장이다. 형편이 어렵기 때문이다.

미성년자인 고등학생이 한두 달의 방학 기간마다 아무리 열심히 일한다 해도 벌 수 있는 액수는 한계가 있었다. 그뿐 아니라 발목뼈 골절을 치료하고 회복하는 데도 꽤 오랜 기간이 걸릴 것이다. 그러니 이후의 계획에 차질을 빚을 게 뻔한 상황이다.

정철이는 원래 사고가 난 승강장의 건너편에 서 있었다. 그런 상황에서 선로로 떨어지는 사람을 구하려고 굳이 뛰어들어야만 했을까. 어찌 보면 지나치게 오지랖이 넓어 화를 자초한 것처럼 보이기도 한다. 만약 남자의 추락이 사고가 아니라는 걸 미리 알았다면 그렇게 행동하지 않았을까.

정철이가 아니었다면 다른 누군가가 그 사람을 구하러 뛰어들었을까. 만약 그랬다면 결과는 어떻게 달라졌을까. 모두에게 좋은 방법은 없었을까.

내가 만약 정철이라면 그런 상황에서 어떻게 할지, 그 행동과 그로 인한 뜻밖의 결과를 통해 정의의 실현에 필요한 것은 무엇인지 생각해보자.

소말리아 해적들의 어선 납치 행위

"케냐 해상에서 조업 중이던 352톤급 어선 ○○505호가 소말리아 해적에 피랍되었습니다…….''

어느 날, 중학교 2학년 상희는 대학생 오빠와 함께 텔레비전 뉴스를 보고 있었다. 상희는 잊을 만하면 들려오는 해적들의 선박 납치 소식에 답답하다는 듯 말했다.

"얼마 전에도 어떤 배가 납치됐던 것 같은데? 저 사람들은 왜 저렇게 남의 나라 배를 납치하는 거야? 자기들 힘으로 살 수는 없나?"

"소말리아 사람들이 처음부터 해적질을 한 건 아니야. 어찌 보면 외세에 희생을 당한 거지. 이제는 자기들도 먹고살아야 하니까 어쩔 수 없이 그러는 걸 수도 있고…….''

'아프리카의 뿔'이라 불리는 소말리아는 아프리카 지도를 보면 동쪽 중간에 뿔처럼 솟은 지점에 자리잡고 있다. 그런 지형적 특성으로 홍해와 인도양을 잇는 항구로서 중앙아시아와 동남아시아를 향해 열려 있으며, 세계 석유 생산량의 1/4이 통과하는 주요 길목이기도 하다. 이 때문에 소말리아는 오래전부터 끊임없이 외세의 간섭을 받아왔으며, 냉전 시대에는 미국과 소련의 대리전을 치르는 등 우여곡절을 겪기도 했다. 이 과정에서 소말리아 내부에서 파벌과 부족 간의 갈등이 일어났고, 결국 끔찍한 내전에 휘말린 무고한 사람들이 죽음과 굶주림의 공포에 내몰리게 된 것이다.

"그래서 그때부터 해적이 된 거야?"

"1990년대 내전 즈음만 해도 대부분의 사람들은 고기잡이로 생계를 이어갔어. 소말리아 인근 해안은 어종이 매우 풍부한 데다 해안선 길이도 자그마치 3,000km나 돼서 작은 어촌이 부족을 이루어 사는 평화로운 곳이었지. 그런데 내전이 일어나자 그 혼란을 틈타 유럽과 아시아에서 온 어선들이 소말리야 해역에 나타나기 시작한 거야."

그 당시 소말리아 해역에 나타난 외국 어선들은 해마다 약 3억 달러어치의 참치와 새우, 바닷가재 등 수많은 어류와 해산물을 거의 싹쓸이해서 소말리아인들의 생존 기반을 흔들어놓았다. 그 어선 중에는 우리나라 원양어선도 포함되어 있었다. 그것은 소박한 소규모 어업으로 생계를 이어가던 평범한 어부들의 밥줄을 끊은 것과 마찬가지의 파렴치한 행위였다. 또한 불법 어획은 생계 수단의 강탈에 그치지 않고 소말리아 해역의 생태계마저 파괴시키는 결과를 초래했다.

"내가 좋아하는 참치도 그 바다에서 잡아왔겠네. 그 사람들의 목숨과도 같은……."

상희는 기분이 우울해졌다.

"더 충격적인 건 그다음이야. 외국 어선들은 유럽에서 처리하면 1톤당 약 1천 달러의 비용이 드는 폐기물을 단돈 3달러에 그곳 바다에 거리낌 없이 쏟아버렸어. 환경오염 등을 우려해 자기 나라에서 처리하기 싫은 쓰레기를 남의 밥상에 버린 꼴이지!"

싹쓸이 어업과 폐기물 투기로 인한 환경오염은 물론 그로 인한 질병 등으로 소말리아 어부들의 삶은 완전히 파괴되었으며, 외국에 대한 그들의 적개심과 분노는 점점 커져만 갔다.

오빠의 설명이 이어지자 상희는 소말리아 사람들이 왜 해적이 될 수밖에 없었는지 이해할 것 같았다.

"그 사람들을 무조건 나쁘다고만 할 수 없겠네. 조용히 고기잡이하면서 살아가던 사람들을 못살게 했으니까. 그러니까 그 사람들도 살기 위해 어쩔 수 없이 그런 짓을 하는 거잖아. 그런데 소말리아 정부에서는 뭐 하고 있었대? 국민이 어려울 때 도움을 주려고 정부가 있는 거 아냐?"

그러나 내전의 소용돌이에 휘말린 소말리아에는 국민들을 보호해 줄 정부라는 존재가 없었다. 그래서 어업에 종사하는 어부들이 스스로 이방인들의 불법 어획과 폐기물 투기에 맞서 싸워야 했다. 그때부터 그들은 고기 잡던 배를 타고 나가 외국 선박의 불법행위를 방해하고 그들을 내쫓는 일을 하게 되었다. 불법을 저지르는 선박을 붙잡아 일종의 벌금을 받아내기 시작한 것이 해적 사업의 시초가 된 것이다.

생명의 밥줄이었던 바다에서 더 이상 아무것도 얻을 수 없게 된 어부들에게 최후의 수단은 결국 돈이었다. 그렇게 해서 그들은 고기를 잡는 대신 돈을 낚으러 다니기 시작한 것이다.

소말리아의 해안 경비대는 점점 과감하고 적극적으로 변화해 진짜 해적이 되어갔다. 해적질이 익숙해지자 첨단 무기도 갖추었다. 소말리아 해적은 장거리 원정에 필요한 위성통신·위성항법장치를 갖춘 모선과 작은 배 몇 척으로 팀을 이뤄 활동하며, 배를 나포하기 위한 갈고리와 사다리 등을 갖추고 이동한다. 자동소총은 물론 로켓 추진 총류탄으로 무장하고 위협함으로써 손바닥만 한 자신들의 어선과는 비교도 안 되는 거대한 배를 불과 10분 정도면 나포할 수 있을 정도가 되었다.

현재 소말리아 인근 해역에는 23개국이 해군함을 파견해 불시에 출몰하는 해적에 신속하게 대응할 태세를 갖추고 있다. 특히 해적 출몰이 잦은 아덴만과 소말리아 해상에서 해적 퇴치를 주임무로 하는 미국·영국·프랑스·독일·사우디아라비아·터키·한국(청해부대) 해군이 연합 해군 함대를 이루어 수차례의 해적 퇴치 성과를 올리기도 했다.

이쯤에서 상희는 한 가지 의문이 생겼다. 맨 처음 소말리아 바다를 침범해 마음대로 오염시키고 불법 어획을 저지른 장본인은 유럽 등 여러 나라들이었다. 그런데 그 나라들 때문에 어쩔 수 없이 해적이 된 소말리아인들을 또다시 적으로 간주해 퇴치하다니 너무나 일방적이고 이기적이지 않은가. 고기잡이도 할 수 없고, 자신들의 바다를 지키느라 해적이 됐는데 그것마저도 못하게 하다니……. 결국 이 세계는 강자의 논리로 이해되고 돌아간다는 것을 소말리아 해적의 경우에서도 확인할 수 있었다.

상희의 생각대로라면 소말리아 해적은 선의의 피해자이므로 퇴치 대상이 되어서는 안 될 것이다. 그런데 현실은 그렇지 않다. 외세에 의해 궁지에 몰려 해적질을 하게 되었지만 그 행위는 결코 정당하지 않다. 단순히 외국 어선의 불법행위를 막고 경고 차원에서 벌금을 물리는 정도가 아니라 이제는 인질을 볼모로 어마어마한 몸값을 요구하기에 이르렀기 때문이다.

처음에는 100만 달러 정도였던 몸값도 이제는 700만 달러가 넘고, 나포하는 배도 유조선은 물론 무기를 실은 배 등 종류를 가리지 않는다. 더욱이 해적들의 배후에 거대한 조직과 권력이 개입하면서 몸값도 생계가 아니라 해적들의 무장 강화에 쓰이고 있다. 해적이 될 수밖에 없었던 그때의 절박한 목적조차 왜곡되어버린 것이다.

그들의 분노와 해적이 될 수밖에 없었던 이유에 대해서는 동정의 여지가 있지만, 그렇다 해도 점차 조직화 · 거대화 · 기업화하는 현재의 해적 집단은 결코 정의롭다 할 수 없다. 한편 소말리아에 대한 유럽 등 세계 각국의 처사 또한 결코 정의롭지도 도덕적이지도 않다. 따지고 보면 그들이야말로 진짜 해적이 아니었는가. 그렇다고 해서 오늘날 소말리아 해적들의 죄가 줄어들거나 동정 받을 수 있을까. 소말리아인들이 해적질을 그만두고 평화로운 삶으로 돌아갈 방법은 없을까. 인류의 공존을 위해 도덕과 윤리를 지키는 일은 그렇게 어려운 것일까. 함께 생각해보자.

비정규직 보호법의 정의

한 자동차 공장 조립 라인에서 10년째 일하는 40대 중반의 김진수 씨는 얼마 전까지만 해도 비정규직의 설움을 크게 느끼지 않았다. 그가 단지 비정규직이라는 이유로 정규직원과 똑같은 일을 하면서도 대우 면에서 차별을 받는 것은 사실이었다. 같은 일을 하는 정규직 동료에 비해 임금이 두 배 이상 차이가 나지만 김진수 씨는 꾸준히 일할 수 있다는 것을 다행으로 여겨야 했다.

그런데 비정규직이 그렇게 부당한 대우를 받지 않게 보호하는 법이 시행되면서 현장 분위기는 오히려 더 나빠지고 말았다. 몇 년마다 재계약을 해야 하는 비정규 직원들은 법 시행 사실이 알려졌을 때 처음에는 큰 기대를 가지기도 했다.

"지금까지와는 달리 비정규직으로 2년 동안 일하면 회사에서 정규직으로 채용하도록 하는 법이라는군."

"그래? 그럼 우리도 앞으로 2년 뒤엔 정규직이 되는 건가?"

그러나 회사 측은 법과 사람들의 기대를 비웃기라도 하듯 계약 종료 이전에 일방적으로 해고하는 편법을 쓰기 시작했다. 2년의 계약 기간 종료를 얼마 앞둔 어제(2009년 5월 16일) 김진수 씨 역시 '축! 정규직 전환'이라는 문구 대신 해고를 알리는 문자메시지를 받았다. 휴대폰을 확인하는 순간 그는 그 자리에 주저앉고 말았다.

그는 30대 중반으로 자동차 부품 하청업체를 운영하며 비교적 이른 나이에 성공을 거두었다. 그런데 IMF 외환위기 때 부도가 나면서 졸지에 모든 것을 잃고 말았다. 그 뒤 재기하기 위해 온갖 노력을 기울였지만 뜻대로 되지 않았다. 그러다 들어간 파견업체를 통해 자동차 조립공장에 취업하면서 다시금 생활의 안정을 꾀할 수 있게 되었다. 그렇게 어느덧 10여 년 동안 열심히 일한 결과 그는 두 아이와 아내와 함께 아쉬운 대로 알콩달콩 살고 있었다.

"이게 뭐 하는 짓입니까? 그동안 회사를 위해 열심히 일해왔는데, 정규직과 똑같은 일을 하면서 절반도 안 되는 월급을 받아도 불평 없이 일했는데 갑자기 이럴 수 있는 겁니까?"

정규직으로의 전환을 기대했지만 하루아침에 해고 통지를 받고

낙동강 오리알 신세가 된 김진수 씨가 억울하고 서운한 마음에 따져 보았지만 아무 소용이 없었다.

법에 정한 대로 계약 기간 종료 후 비정규직을 정규직으로 전환하자면 임금이 인상되므로 기업의 입장에서는 달가울 리 없었다. 그러다보니 정규직으로 전환하는 대신 해고를 하고 다른 비정규직을 새로 고용하는 식으로 편법을 쓰기에 이른 것이다. 그렇게 되면 회사는 동일한 비정규직 임금으로 계속 사람을 쓸 수 있게 된다. 최소의 비용으로 최대의 이익을 창출하는 것이 목표인 기업의 입장에서는 어쩔 수 없는 선택일지도 모른다.

가장의 느닷없는 해고 소식에 가족들 역시 김진수 씨만큼 당혹감을 감추지 못했다. 그의 아내도 대형 마트에서 계산원으로 일하며 가계를 돕고 있었지만, 가장으로서 아직 한창 일할 나이에 비정규직 보호법의 보호를 받기는커녕 오히려 부당한 대우를 받고보니 모두 망연자실할 수밖에 없었다. 또한 그에게는 대학에 다니는 아들과 고등학교 2학년 딸이 있어 한창 돈이 많이 들어가는 시기였다.

그런 아버지의 걱정을 잘 아는 딸이 속상한 듯 입을 열었다.

"아빠처럼 숙련된 직원을 왜 자르는 건데? 그건 비정규직을 보호하는 게 아니라 비정규직을 해고하라는 법이잖아요. 그 법이 없었을 때는 이러지 않았잖아요."

김진수 씨의 아내도 분한 듯 푸념을 늘어놓았다.

"그러게 말이야! 사람을 살리는 법을 만들어야지 이렇게 내쫓는 법을 만들다니⋯ 회사도 참 그렇다. 순전히 돈만 알고 윤리와 도덕은 모르는 사람들이네. 10년씩이나 일한 사람을 이렇게 하루아침에 자르다니⋯⋯."

우리나라에 비정규 일자리가 크게 늘어난 것은 1997년 IMF 외환위기 이후였다. 근로자 중 비정규직이 차지하는 비율은 OECD 국가 가운데서도 가장 높다고 한다.

문제는 대기업과 중소기업에 근무하는 비정규직 근로자들이 정규직과 같은 업무를 수행하면서도 임금과 복리 후생, 승진 등에서 차별을 받는다는 점이다. 비정규직 문제는 그동안 사회 양극화의 한 요인으로서 심각한 사회문제로 제기되어왔다. 이러한 비정규직 차별을 시정하고 남용을 규제하기 위해 정부가 만든 것이 바로 비정규직 보호법이다.

비정규직 보호법은 기간제 및 단시간 근로자 보호 등에 관한 법률, 파견근로자 보호 등에 관한 법률, 노동위원회법 등 비정규직 보호 관련 법률을 통틀어 이르는 말이다. 2006년 11월 국회에서 통과되어 2007년 7월 1일부터 300인 이상의 사업장에 적용되기 시작했으며, 2008년 7월에는 100인 이상 사업장, 2009년 7월 1일에는 5인 이상 사업장으로 시행 범위가 확대되기에 이르렀다. 법대로 하면 비정규직 근로자로 2년 이상 근무할 경우 자동으로 정규직으로 전환된다는 것이다.

그렇다면 이 법은 비정규직 근로자들에게 이득이었을까. 법 시행 후 기업에서는 비용 절감을 내세우며 2년마다 숙련된 비정규직을 해고해야 하는 웃지 못할 처지가 되었을 뿐 아니라 법의 취지와는 달리 비정규직에 대한 구조조정을 실시해버렸다. 이에 따라 비정규직 근로자 대부분이 해고나 고용 지위 악화 등의 고용 불안을 겪게 되었다. 또한 임금 면에서도 오히려 전보다 더 하락하는 결과를 가져왔다. 그렇다면 이것은 과연 누구를 위한 법인가. 윤리도 정의도 사라지고 경제 논리만 펄떡이고 있는 것은 아닌가.

한마디로 이 법은 비정규직이 정규직으로 전환되면 노조를 만들고 임금 인상을 요구하며 합법적으로 파업을 할 수 있다는 이유로 기업으로부터 환영을 받지 못했다. 적은 돈으로 부리다가 마음대로 자를 수 있는 비정규직이 기업의 입맛에 더 맞기 때문이다.

하지만 기업의 입장도 이해되는 측면이 있다. 기업의 최우선 목표는 이익 창출이기 때문이다. 적자를 보면서까지 직원들의 노동 환경과 임금 개선에 관심을 가질 기업은 많지 않을 것이다. 그러므로 비정규직의 역사가 어찌 되었든 기업의 입장에서는 비정규직을 선호할 수밖에 없었다. 비정규직의 입장에서도 일단 비정규직으로 발을 들이게 되면 정규직으로 옮기기가 하늘의 별 따기만큼 어려운 현실이고보니 임금의 고저를 떠나 일할 수 있다는 것만으로 만족해야 했던 것이다.

그런 가운데서도 비정규직을 정규직으로 전환해 기업이 결과적으로 긍정적인 성과를 거둔 사례도 적지 않다. 그들의 성공 사례에서 알 수 있는 것은 각자의 입장만 내세우는 것보다는 노사의 자율적 합의가 미덕이라는 점이다. 근로자를 그저 돈 주고 부리는 일꾼이 아니라 창조적인 인적 자원으로 보는 기업가의 윤리 의식도 중요하다.

이 어려운 비정규직 문제를 해결하기 위해서는 어떻게 해야 할까. 노사는 물론 국민과 정부 등을 포괄하는 사회 구성원 전체의 합의를 바탕으로 사회정의 실현 의지를 가지고 문제의 본질에 접근해야 하지 않을까. 그럼으로써 근로자와 기업, 나아가 우리 모두가 함께 바람직한 정의에 이르는 길을 찾아야 하지 않을까.

두 얼굴의 CCTV

어느 날 밤, 학교에서 야간 자율학습을 마치고 돌아오던 소영이는 집 앞에서 교통사고를 당하고 말았다. 녹색 신호에서 횡단보도를 건너는데 승용차 한 대가 달려오던 속도를 미처 줄이지 못하고 멈칫거리다가 소영이를 치고 그냥 달아나버린 것이다.

"악!"

차에 받히는 순간 소영이는 외마디 비명을 지르며 길바닥으로 나가떨어졌다. 그 도로는 원래 밤 10시만 넘으면 행인과 자동차의 왕래가 많지 않아서 종종 교통사고가 일어나곤 했다. 평소에는 소영이가 집 앞에 도착할 즈음 전화를 하면 어머니나 아버지가 마중을 나오곤 했는데, 그날따라 약간의 시차가 발생했다. 소영이가 비명을 지를 때 도로 쪽으로 달려온 사람은 아버지였다.

"소영아! 소영아……."

곧바로 병원으로 실려간 딸이 응급조치를 받는 동안 아버지는 경찰에 전화를 걸었다.

"제 딸이 약 한 시간 전에 태양아파트 뒤쪽 도로에서 뺑소니 사고를 당했습니다."

다행히 생명에는 지장이 없었지만, 소영이는 뇌진탕과 팔다리 골절 등으로 최소한 석 달 동안 입원해야 했다. 뺑소니 신고를 접수한 경찰은 신속하게 주변 도로상의 CCTV 화면을 탐색해 뺑소니 차량을 찾아낼 수 있었다. 인적이 드문 밤길에서 당하기 쉬운 뺑소니 교통사고의 범인을 추적하는 데 CCTV가 중요한 역할을 해준 것이다.

범인을 잡았다는 소식에 소영이의 아버지는 안도하며 말했다.

"정말 CCTV가 없었으면 어쩔 뻔했냐? 범죄 예방은 물론이고 사고가 났을 때도 이렇게 주변에 깔린 CCTV 화면 몇 개만 분석하면 금방 찾아낼 수 있으니 정말 다행이다!"

그런데 그 일이 있고 며칠 후 공교롭게도 소영이 언니 진영 씨는 바로 그 CCTV 때문에 당혹스러운 일을 겪게 되었다. 그녀는 백화점 귀금속 코너에서 판매원으로 일하고 있다. 그런데 백화점 측에서 여직원들의 행동을 감시한다는 명목으로 여직원 휴게실과 화장실 등에 감시 카메라를 설치했다는 사실이 밝혀진 것이다.

"어머나, 세상에!"

화장실에서까지 감시당하고 있으리라고는 꿈에도 몰랐던 여직원들은 발끈할 수밖에 없었다.

"품행에 문제가 있는 직원이 있다고 해도 지극히 사적인 공간인 화장실에까지 그런 걸 설치할 수 있습니까?"

여직원들은 물론 남직원들도 격앙해서 목소리를 높였다.

"남 똥 누는 게 왜 궁금한데요? 이건 인권침해예요! 인권위원회에 고발하겠어요!"

집으로 돌아온 진영 씨가 직장에서 있었던 일을 이야기하며 근심스럽게 말했다.

"어휴, 화장실에서 친구랑 전화로 수다도 떨고 숍 매니저 욕도 하고 그랬는데……. 그래서 얼마 전부터 숍 매니저가 날 그렇게 닦달한 건가? 그럼 어떡하지?"

아버지와 어머니는 이제 막 사회생활을 시작한 큰딸의 철없는 행동이 못마땅한 듯 혀를 찼다.

"숍 매니저 욕을 했어? 잘하는 짓이다! 네가 맡은 일이나 열심히 할 것이지……."

"어이구, 이제 잘려도 할 말 없겠네!"

진영 씨는 생각할수록 억울하다는 듯 투덜댔다.

"좋다 이거야, 내가 누굴 욕한 건 잘못이라고 치자고. 하지만 사생활이 보장되어야 할 공간에서 감시 카메라가 돌아간다는 게 말이 돼? 유니폼 갈아입는 탈의실에는 왜 안 달았대?"

"거참… CCTV가 곳곳에 설치돼서 소영이처럼 억울한 일을 당했을 때 도움이 되는 건 분명한데, 한편으로는 그렇게 사생활을 침해하는 경우도 있으니… 감시 카메라를 반대할 수도, 그렇다고 무조건 찬성할 수도 없으니 사면초가로구나!"

두 딸을 둔 아버지는 한숨을 내쉴 뿐이었다.

경찰청의 추정에 따르면 2010년 말을 기준으로 전국에 설치된 CCTV는 무려 200만 대에 이르며, 특히 지난 10년 동안 CCTV 대수가 크게 증가했다고 한다. 서울 직장인의 경우 하루 평균 총 35차례에 걸쳐 CCTV에 찍힌다니 거의 스토커 수준이라고 할 만하다.

흔히 CCTV라고 하는 감시 카메라는 급격히 증가하는 강력 범죄를 예방하려는 목적으로 설치되기 시작했다. 도로변이나 공공시설 등에 설치된 감시 카메라는 시민들의 안녕과 공공질서 유지에 긍정적인 면이 인정되고 있다. 또한 뺑소니 사고의 범인을 색출하거나 쓰레기 불법 투기와 절도 범죄를 예방하는 역할을 하는 것도 사실이다. 그러다보니 거리 곳곳에 하나 둘 감시 카메라가 늘어나기 시작해 이른바 부자 동네일수록 더 많이 설치되는 현상도 나타난다.

감시 카메라의 효과는 공공적인 면에서 매우 긍정적이라 할 수 있다. 그러나 어느 순간부터 그것이 공공의 목적이 아닌 특정 집단이나 개인의 목적을 위해 악용되면서 사생활 침해 논란이 일기 시작했다. 앞의 이야기에서 본 바와 같이 직원들을 감시할 목적으로 사용되는 것은 명백한 사생활 침해이자 인권침해에 해당한다. 인권단체 등에서도 CCTV의 증가로 시민들의 일거수일투족이 감시당하는 듯한 행태에 부정적인 견해를 보이고 있다.

한편 CCTV의 천국으로 이미 이름이 높은 영국은 국가 전체 지역에 무려 420여 만 대가 설치되어 있다고 한다. 그것을 통해 수집된 방대한 데이터베이스에는 매우 사적인 국민들의 개인 정보까지 수록되어 있으며, 정부는 언제든 시민의 삶에 침입할 수 있는 비상 권한까지 가진다고 한다.

이런 영국에 비하면 우리나라의 감시 카메라 숫자는 아직 걸음마 수준이라고 할 수 있을까. 그러니 비어 있는 데를 찾아 좀 더 촘촘히 설치해야 하는 걸까.

사생활이 조금 침해를 받더라도 강력 범죄를 예방할 수 있으니 그 정도의 불편은 참아야 한다고 말하는 사람들도 적지 않다. 하지만 실제로 감시 카메라가 있는 곳 주변에서도 강력 범죄는 일어난다. 전문가들은 강·절도와 같은 기회성 범죄에는 CCTV가 어느 정도 예방 효과가 있지만, 성폭행이나 살인 등의 충동성 범죄에는 효과를 발휘하지 못한다고 경고한다. 그러므로 CCTV가 범죄를 예방한다는 주장에도 논란의 여지가 많다.

그렇기는 해도 긍정적인 효과를 무시할 수 없으니 많은 사람들의 안전과 행복을 위해 감시 카메라의 인권침해 논란은 접어두어야 할까. 과연 다수의 안녕을 위해 개인의 불편을 감수하는 것이 정의로운 것일까.

범죄를 예방하는 것은 옳은 일임에 틀림없다. 그러나 개인의 사생활을 침해함으로써 이루어진다면 그것이 진정 옳은 일일까. 만약 진영 씨에게 일어났던 일이 나에게도 일어난다면 어떤 입장을 취할지에 대해 생각해보자.

할머니를 부탁해

"아이고, 어머니, 이게 뭐예요? 제발 정신 좀 차려보세요!"

고등학교 1학년 효진이는 언제부턴가 이런 소란과 함께 잠을 깨곤 했다. 그것은 할머니가 중증 치매에 걸린 이후부터 일상이 되었다.

효진이 할머니는 종종 밤에 자신이 차고 잔 기저귀를 빼서 다 헤쳐놓곤 했다. 날이 밝으면 며느리인 효진이 어머니가 뒷수습을 하는 일로 하루가 시작되었다. 효진이는 거슴츠레한 눈을 뜨고 시각을 확인하기 위해 머리맡에 두었던 휴대폰을 더듬더듬 찾았다. 아직 알람이 울리지 않았으니 오전 여섯 시도 안 되었을 것이다.

'어휴, 그럼 그렇지. 아직 다섯 시밖에 안 됐는데…….'

효진이는 벌써 몇 년째 할머니의 치매 수발 때문에 한시도 편히 쉬지 못하는 어머니를 보면 안타까웠다.

'난 나중에 누구한테도 신세지지 않고 살 거야! 모두 고생이야.'

효진이는 눈을 뜬 김에 자리에서 일어나 어머니에게 가보았다. 할머니 방은 대변과 소변이 묻은 기저귀 조각들로 난장판이었다. 어머니는 한숨을 쉬며 그것을 긁어모으고 있었다.

할머니의 치매로 걱정되는 일은 그것뿐만이 아니었다. 그나마 집 안에서 문제를 일으킬 때는 쓸고 닦고 치우면 그만이지만, 할머니가 일단 밖으로 나가면 어디서 찾아야 할지 알 수 없어 온 집안이 발칵 뒤집히기 일쑤였다. 그럴 때면 연락을 받고 달려온 아버지 형제들 앞에서 어머니만 괜히 죄인이 되곤 했다.

둘째아들인 효진이 아버지에게는 형과 남동생, 여동생이 한 명씩 있었다. 효진이 큰아버지는 아내가 조기 유학을 떠난 외아들과 함께 거처를 캐나다로 옮기는 바람에 혼자 지내게 되었다며 8년 전에 효진이네 집으로 할머니를 모시고 왔다. 그런데 공교롭게도 효진이 집에 온 지 2~3년 만에 할머니가 덜컥 치매에 걸리고 만 것이다. 누구도 예상치 못한 일이었다.

바로 엊그제도 할머니는 모두의 가슴을 또 한 번 철렁하게 만들었다. 날씨가 화창한 그날, 어머니는 늘 집에만 갇혀 지내는 할머니에게 바람을 쐬어드리기 위해 간식 등을 챙겨 근처에 새로 생긴 공원으로 모시고 나갔다. 그런데 그만 눈 깜짝할 사이에 할머니가 사라지는 바람에 난리가 나고 말았다. 몇 시간 만에 다시 찾기는 했지만 놀란 가슴은 쉽게 가라앉지 않았다.

며칠 뒤 효진이 아버지가 형제들을 불러 가족회의를 소집했다. 할머니는 다친 데가 없었지만 크게 놀란 효진이 어머니가 앓아누웠던 것이다.

"이제 다른 방법을 생각해야겠습니다, 형님."

둘째인 효진이 아버지가 입을 열었다.

"무슨 소리냐? 어머니 말이야? 어떻게?"

"셋째네는 형편이 어렵고, 형님 댁은 형수님이 안 계셔서 곤란하다는 거 압니다. 그래서 자식의 도리를 생각해 저희가 그동안 모셨고요. 그런데 저희도 사정이 늘 좋기만 한 건 아니에요. 효진이 엄마도 어머니 수발하느라 무리해서 몸이 여기저기 안 좋아서 앞으로가 걱정이에요."

"그렇다고 이제 와서 뭘 어떻게 하겠어? 할 수 있는 사람이 해야지……."

첫째가 말꼬리를 흐렸다.

"할 수 있는 사람이 언제까지 계속하는 건 무리니까 요양 병원 같은 데 입원을 시키는 게 낫지 않을까 해서요."

둘째가 대안을 제시하자 셋째가 동의하고 나섰다.

"그러세요, 형. 저희가 매달 얼마씩 나누어 내서 비용을 충당하도록 해요. 그동안 제 형편이 어렵다고 어머니를 나 몰라라 한 게 사실이에요. 하지만 지금처럼 둘째 형과 형수님한테만 부담을 지우는 건 좀 아닌 것 같아요."

한동안 말이 없던 첫째가 천천히 입을 열었다.

"어머니가 아직 80세도 안 되셨는데… 고려장이냐? 치매 걸려서 사람 좀 못 알아보고 말썽 좀 일으킨다고 갖다 버리자는 말이야? 어머니가 우리를 어떻게 키우셨는데……."

"오빠, 그렇지 않아요. 우리 시아버지도 얼마 전 요양 병원으로 가셨는데 나쁘지 않아요. 둘째 올케도 자기 생활을 해야지, 언제까지 한 사람한테만 떠맡기겠어요? 나도 비용을 보탤 테니 그렇게 해요"

막내도 이렇게 거들고 나섰다.

문밖에서 이야기를 들은 효진이는 가슴이 답답했다. 큰 아버지는 자식의 도리를 저버릴 수 없다는 것이고, 다른 분들은 도리도 중요하지만 현실적으로 모두에게 좋은 방법을 찾자는 것이다. 큰아버지 외에는 모두 나쁜 자식들일까. 무엇이 옳은지 판단하기가 어려웠다.

첨단의학의 발달과 생활수준, 주거 환경의 발달로 인해 인간의 평균수명은 크게 늘어나게 되었다. 이에 따라 현대사회가 직면하게 되는 많은 문제 가운데 하나가 사회의 노령화다. 전체 인구에서 65세 이상의 노령 인구가 차지하는 비율이 7%일 경우 '노령화 사회'라 하고, 그 비율이 12%를 넘으면 '노령 사회'가 된다. 세계적인 복지 선진국인 스웨덴이나 덴마크, 노르웨이 같은 북유럽 국가의 노령 인구 비율은 이미 18%를 넘어서고 있다.

현재 노령 인구가 10% 수준인 우리나라 역시 급속도로 노령 사회로 치닫고 있다. 2026년에는 그 비율이 20%를 넘어 초고령화 사회로 접어들 것으로 예상되어 이런 추세는 더 가속화될 것이다.

이렇듯 사회 전반적으로 노인들은 늘어나는 반면 노인 부양을 주로 맡아왔던 여성들의 사회 활동은 더욱 많아졌다. 따라서 이전처럼 가족 중 딸이나 며느리가 직접 노쇠하거나 병든 환자들을 돌보는 일은 현실적으로 어려워진 게 사실이다.

늙고 병든 부모를 돌보는 것은 후손들의 몫임에 틀림없다. 전통적으로는 물론 현재까지도 그렇게 이어져왔다. 그런데 특히 치매환자나 중풍환자를 집에서 돌보려면 전적으로 거기에 매달리는 사람이 있어야 하는데, 이는 가족 중 누군가의 희생을 담보로 한다는 것이

가장 큰 문제다.

이러한 상황에서 사회적 대안으로 등장한 것이 바로 요양원이나 요양 병원이다. 아무리 효심 깊고 도리에 밝은 사람이라도 어려운 상황 속에서 책임감만으로 환자를 돌보다보면 '긴병에 효자 없다'는 말을 실감하게 된다. 자식들이 서로 돌아가며 돌보는 것도 하나의 방법이겠지만, 그러지 못할 바에는 좋은 시설을 잘 선택하는 것이 환자를 직접 돌보는 부담감에서 벗어나게 해줄뿐더러 가족 관계도 좋아지게 한다.

그런데 요양 기관에 대한 일반인의 인식은 사실 그리 좋지 않다. 전통적인 효 개념이 아직 사회 전반에 깊이 뿌리 박혀 있어 부모를 요양 기관에 보내는 것을 도리에 어긋나는 일로 여기기 때문이다. 거기에 일부 요양 기관들의 잘못된 운영 실태가 알려지면서 불신을 사게 된 것도 하나의 이유다. 그러나 분명한 것은 모든 요양 기관이 그렇게 불법적으로 부실하게 운영되는 것은 아니라는 사실이다.

만약 효진이 집과 같은 상황이 우리 집의 일이 된다면 과연 무엇이 모두를 위해 바람직한 선택일지 생각해보자. 무조건 도리만을 내세우고 지키려드는 것이 미덕일까, 아니면 생각을 바꾸어 모두에게 좋은 방법이 있다면 그것을 선택하는 것이 옳은 일일까. 아무리 도리를 운운해도 누군가의 희생이 따르게 된다는 사실을 기억한다면 어느 한 사람에게만 부담을 지우는 것은 바람직하다고 할 수 없다. 앞으로는 사회가 더욱 노령화할 것이므로 이런 갈등은 단지 어느 가족의 일로만 끝나지 않을 것이다.

인간은 누구나 행복하기를 바란다. 더 많은 사람의 행복을 위해 소수가 희생되어야 하는 경우도 있으나 의무와 도덕을 강조하는 만큼 존중해야 할 것도 있다. 서로를 배려하면서 가족 모두가 행복할 수 있는 방법은 무엇일까.

CHAPTER

02

모두 함께 **행복한 세상**

소방대원의 선택

일본 동북부 지역의 작은 바닷가 마을에서 소방대원으로 일하는 50대 후반의 야마모토 씨는 아내와 아들, 며느리 그리고 갓 태어난 손녀와 함께 살고 있었다. 그는 근무가 없는 날에는 한 달에 한 번꼴로 인근 보육원에서 봉사활동을 하곤 했다. 그날도 마침 보육원을 찾아가 아이들의 시설물을 손보던 야마모토 씨는 어느 순간 땅이 뒤집히는 듯한 충격과 함께 바닥으로 쓰러지고 말았다.

'갑자기 왜 이러지? 지진인가?'

그때 사방에서 사람들의 비명 소리가 들려왔다.

"지진이다! 어서 피해!"

"엄마, 땅이 갈라질 것 같아요!"

"살려줘요!"

그 순간 야마모토 씨는 정신이 번쩍 들었다.

'이러고 있을 때가 아니야. 어서 대피를 시켜야 해!'

그는 정신을 바짝 차리고 보육원 직원들과 아이들이 안전한 곳으로 대피하도록 조치를 취한 뒤 귀를 기울여보았다. 그러나 사람들의 아우성소리뿐 지진 경보는 들려오지 않았다.

그날 야마모토 씨가 사는 지역을 강타한 지진은 일본 역사상 가장 강력한 지진이었다. 오후 2시 46분경 일본 도호쿠 지방 미야기 현 센

다이 시에서 동쪽으로 130㎞ 떨어진 바닷속에서 규모 9.0의 강진이 발생했던 것이다. 이것은 인류가 지진을 관측하기 시작한 1900년 이래 다섯 번째로 큰 규모의 강진이었다. 일본인들은 지진을 워낙 자주 겪어서 지진에 익숙하지만 그날의 지진은 평소와 달랐다. 한 번도 겪어보지 못한 엄청난 진동에 놀라고 당황해 어쩔 줄 몰랐다.

그런데 얼마 뒤 사람들은 더욱 끔찍한 현실에 직면하게 되었다. 지진이 잠잠해지자 상황을 수습하기 위해 모두 바쁘게 움직이고 있을 때 바다 저쪽에서 커다란 쓰나미가 밀려오기 시작했던 것이다. 바다가 보이는 높은 곳에서 그 현상을 목격한 사람들이 소리 높여 외쳤다.

"쓰나미다! 엄청난 쓰나미가 육지로 덮쳐온다! 어서 높은 곳으로 대피해!"

야마모토 씨가 찾은 보육원도 지진해일의 공격에서 결코 자유로울 수 없는 상황이었다.

"모두 뒷산으로! 가장 높은 봉우리로 올라가세요!"

보육원 식구들을 안전한 곳으로 대피시키는 동안 문득 집에 있는 가족이 떠올랐다. 며칠 전 아기를 낳은 며느리가 손녀와 함께 산후조리를 하며 집에서 쉬고 있었던 것이다. 그는 서둘러 집으로 전화를 해보았으나 불통이었다. 외부에 있을 아내, 아들과의 통화도 이루어지 않았다. 그는 초조한 마음을 애써 억누르며 서둘러 자동차에 올라

집을 향해 달려갔다. 그것은 곧 쓰나미와 정면으로 마주치는 것을 의미했다. 어쩌면 그가 도착하기도 전에 집이 쓰나미에 휩쓸릴지도 모르는 일이었다. 그러나 그는 전속력으로 차를 몰았다.

집을 향해 가속 페달을 밟고 있는데 차창 밖으로 허둥대는 사람들이 보였다. 그는 왜 쓰나미 경보가 들리지 않는지 의아했다. 일본에서는 독자적으로 전국에 조밀한 쓰나미 경보망을 운영하고 있어서 지진 발생 2~4분 만에 경보가 발령되어야 정상이었다. 그런데도 그의 귀에는 분명 경보 소리가 들리지 않았던 것이다.

'이상하다? 왜 대피 방송이 안 나오고 경보도 울리지 않는 걸까?'

작은 마을이라 소방서 규모도 작아서 근무 인원이 많지 않지만 출동 시에도 상주하는 근무자가 있을 텐데 대응이 없는 게 이상했다. 그는 어떤 돌발 상황으로 경고 사이렌이 울리지 않고 방송도 나오지 않는지 알 수 없었다. 그는 마음속으로 갈등하기 시작했다.

지금 빨리 집으로 달려가면 며느리와 갓난아이를 대피시킬 수 있을지 모른다. 하지만 그렇게 되면 쓰나미가 몰려오는 줄 모르는 마을 사람들이 위험에 처할 것이다. 집에 있는 가족과 마을 사람을 모두 구할 방법은 없을까…….

전화 통화라도 되면 생사 여부를 확인하고 대피하라고 알릴 텐데, 이미 전화는 어디와도 연결되지 않았다. 마음속으로 갈등을 겪으면서 한참을 더 달리던 그는 마침내 눈물을 머금고 핸들을 꺾었다.

"지금이라도 경보를 울려야 해. 아직 아무것도 모르고 있는 많은 마을 사람들에게 알려야 해."

마침내 그는 소방서를 향해 더 속력을 내기 시작했다. 거리에는 이미 많은 사람들과 자동차들이 뒤섞여 우왕좌왕하고 있었다. 얼마나 더 달렸을까. 거대하고도 날렵한 괴물처럼 들이닥치는 시커먼 지진해일의 그림자가 어른거렸다.

마침내 그가 소방서 앞에 도착했을 때 쓰나미는 어느새 코앞까지 밀려와 있었다. 차에서 내려 계단을 뛰어 올라가는 그의 발뒤꿈치를 낚아챌 듯 쓰나미가 검은 혀를 날름거리며 따라붙었다. 그는 필사적으로 뛰어 3층 높이 옥상까지 단숨에 올라갔다. 엄청난 굉음과 함께 검은 물살이 건물을 집어삼킬 듯 휘감아 돌며 그의 발밑에서 출렁거렸다.

가까스로 해일의 위협에서 비켜선 그는 무너질 듯 불안하게 요동치는 소방서 건물 꼭대기에 홀로 서서 주위의 모든 것을 휩쓸어가는 지진해일의 위력을 멍하니 지켜볼 뿐이었다. 검은 물결의 위협에 잠시 제압당했던 그는 이내 정신을 차리고 옥탑의 긴급 버튼을 길게 눌렀다.

애애애애앵…….

'제발 지금이라도 이 소리를 듣고 한 사람이라도 더 대피할 수 있기를!'

그는 마음속으로 간절히 외치고 있었다.

2011년 3월 11일, 규모 9.0의 강진과 쓰나미가 휩쓸고 지나간 뒤 일본 전역에서 발생한 사망자는 수를 정확히 헤아릴 수 없을 정도였다. 지진 이후 일어나는 해일, 즉 쓰나미가 지진 발생 뒤 곧바로 들이닥침으로써 안전한 곳으로 대피할 시간이 부족해 더욱더 많은 사상자를 냈던 것이다.

중년의 소방대원 야마모토 씨는 그렇게 엄청난 천재지변 상황에서도 자신의 안위를 염려하기보다는 더 많은 사람들에게 위험을 경고하기 위해 목숨을 걸고 달려갔다. 그의 경보를 듣고 뒤늦게나마 무사히 피한 사람들도 많았을 것이다. 그런데 여기서 한 가지 의문이 생긴다. 그는 꼭 그렇게 해야만 했을까.

그에게는 사랑하는 가족들이 있었다. 다른 가족들은 물론 며칠 전 아기를 낳아 거동이 불편한 며느리와 갓난아기를 구하는 일도 그에게는 매우 중요한 일이 아니었을까. 그럼에도 그는 결국 집이 아닌 소방서를 향해 달려갔다. 한 가정의 가장으로서 가족의 생명을 지킬 의무와 책임이 있는 그가 소방대원으로서 그런 선택을 한 것에서 우리는 어떤 의미를 찾을 수 있을까.

만약 소방서가 아니라 집으로 달려갔다면 어땠을까. 혹시 그가 가족을 구하기 위해 소방대원으로서 할 일을 하지 않아 마을 사람들이 더 많이 죽었다면 그것은 비난받을 일일까.

그와 같은 입장이라면 우리는 그 절체절명의 순간 어떤 결정을 내릴 수 있을지 생각해보자.

모피코트의 불편한 진실

"여보! 밍크코트 사준다고 약속한 게 언젠데 아직까지 모른 체해요? 친구들은 다 하나씩 걸치고 나왔는데 나만 모직코트 입었잖아요!"

날씨가 유난히 추웠던 어느 겨울날 저녁, 식탁에 앉은 아내가 남편에게 투덜거렸다. 중학생 딸 은정이와 고등학생 딸 우정이를 둔 그녀는 그날 낮 동창회에 다녀온 뒤 짜증이 나 있었다.

"누가 안 사준대? 그게 좀 비싸야지. 여자들은 참 이상해. 몇 백만 원씩이나 하는 걸 몸에 걸치고 다니고 싶냐? 모피 말고도 따뜻한 옷이 얼마나 많은데……."

아내의 불평에 남편이 도저히 이해가 안 간다는 듯 말했다.

"그렇게 비싸니까 오래 두고 입잖아요? 기상이변이 심해져서 이번 겨울도 얼마나 추워요? 요새 백화점 모피 코너가 호황이라던데 크리스마스 선물로 이번에 한번 저지릅시다, 여보."

두 사람의 이야기를 듣고 있던 둘째 은정이가 거들고 나섰다.

"아빠, 나도! 나도 밍크 조끼나 목도리 같은 거 하나 해주면 안 돼?

나도 추워 죽겠어요.”

“뭐? 머리에 피도 안 마른 게 무슨 밍크야? 그건 시집가서 네 남편한테 해달라고 해, 엄마처럼! 엄마도 내 남편한테 해달라는 거잖아, 지금.”

그때 큰딸 우정이가 더 이상 못 들어주겠다는 듯 수저를 놓으며 말했다.

“두 사람 다 정신 좀 차리는 게 어때요? 모피코트가 어떻게 만들어지는지 알기나 하고 그걸 입겠다고 야단인지 모르겠네. 난 절대 모피 안 입기로 결정했어. 난 모피 반대주의자야!”

“모피를 어떻게 만들겠어? 죽은 밍크 가죽 벗겨서 만들겠지. 사람은 죽어서 이름을 남기고 밍크는 죽어서 모피를 남기는 거지.”

어머니의 대답에 우정이는 그럴 줄 알았다는 듯 고개를 저었다.

“정말 모르시는구나. 밍크나 여우, 너구리 같은 모피를 어떻게 얻느냐면요, 죽이는 게 아니라 산 채로 벗기는 거예요! 그러니까 안 된다는 거고요. 아, 생각만 해도 끔찍해.”

우정이는 얼마 전 인터넷 서핑을 하다가 우연히 밍크코트 생산에 대한 불편한 진실을 알게 되었던 것이다.

“엄마가 좋아하는 밍크코트 한 벌을 만들려면 자그마치 200마리 정도의 밍크가 필요하대요. 그런데 그 밍크를 죽인 다음에 털가죽을 벗기면 잘 벗겨지지 않는 데다가 털의 질이 나빠지기 때문에 살아 있을 때 벗겨야 하는 거래요. 여우나 너구리 같은 것도 마찬가지고. 그래서 산 채로 때리거나 전기 충격으로 기절시킨 다음 재빨리 가죽을 벗기는데, 그러고 나서 정신을 차린 동물들은 고통에 몸부림치다가 죽는대요. 그뿐인 줄 아세요? 카라쿨이라고 양모피가 있는데, 그건 새끼를 밴 엄마 양이 새끼를 낳기 직전에 죽여서 배 속에 있는 새끼 양의 모피를 벗긴 거래요. 이렇게 태어나기 직전 양의 털가죽을 찾는 이유는 실크같이 광채가 나기 때문이래요. 그래서 패션계에서 인기가 높다는 거죠."

모피 농장에서 사육되는 동물들은 비좁은 공간에 갇힌 채 극도로 스트레스를 받으며 지옥 같은 삶을 살게 된다. 그러다 공포와 스트레스를 견디지 못해 비정상적인 행동을 보이기도 한다. 좁은 우리 안에서 끊임없이 좌우로 왔다 갔다 하거나 밖으로 나가려는 듯한 행동을 반복하는 것이다. 자기 몸을 절단하거나 자해하고, 심지어 동족이나 자기 새끼를 잡아먹기도 한다. 그러나 한번 우리에 갇힌 동물들은 가죽이 벗겨지기 전까지는 그곳을 벗어날 수 없다.

모피 농장주들이 움직이기도 힘들 만큼 작은 철장 안에 동물들을 가두는 이유는 무엇일까. 그것은 동물들의 활동을 최소화함으로써 최대한 부드러운 털을 얻기 위한 극단적 조치다. 농장주들에게서는 생명 존중 사상이나 윤리 의식, 하다못해 측은지심조차 찾아볼 수 없다. 그 동물들은 이미 생명체가 아니라 최고급 모피를 생산하는 일회용품에 불과한 것이다. 전 세계에서 유통되는 모피의 85%가 이렇게 만들어진다.

우정이의 말을 들은 어머니와 은정이는 입을 다물지 못했다.

"어머나… 말도 안 돼. 어떻게 그럴 수가 있니?"

"세상에! 그 수많은 모피코트가 다 그렇게 만들어진단 말이야?"

"정말 의외구나. 그 정도로 심할 줄은 몰랐는데. 은정 엄마, 그 사실을 알고도 모피가 계속 입고 싶어?"

아버지가 놀란 얼굴로 묻자 어머니는 고개를 갸웃거렸다.

"그래도… 나 한 사람 안 입는다고 그런 잔혹 행위가 사라지는 것도 아니잖아? 나 때문에 그렇게 잔혹하게 동물을 죽이는 것도 아니고 말이야. 모피 업계에서도 그런 사실을 모르지 않을 텐데 알면서도 그러는 건 그만큼 상품 가치가 높다는 거잖아. 그럼 근본적으로 모피 산업을 뿌리 뽑아야 하는 거 아냐?"

세계적인 모피 생산국인 미국, 캐나다, 그리스, 프랑스, 독일, 오스트리아, 이탈리아, 북유럽 국가의 모피 업체들은 생산 원가를 줄이는 한편 자국의 까다로운 동물보호법 규제를 피하기 위해 생산 기지를 점차 중국으로 이전해 큰 이익을 보고 있다. 그러한 업체들의 이익에 비례해 동물권과 동물복지 개념이 상대적으로 약한 나라에서 모피 산업이 발전한다는 것은 동물들에게 더 큰 고통이 가해진다는 것을 의미한다. 그렇다면 왜 아시아의 중국에서만 그런 야만적인 일이 벌어지고 있을까.

캐나다에서는 최근 3년 동안 무려 백만 마리가 넘는 하프물범이 잔인하게 죽임을 당했다. 그중 97% 이상이 3개월 미만의 어린 물범들이었다. 전 세계에서 가장 큰 규모의 해양동물 살상 행위인 이 사냥이 이어지는 이유도 하프물범의 털가죽이 각종 모피 제품에 사용되기 때문이다. 최근에는 모피 외에 하프물범 기름을 원료로 한 건강보조식품의 수요 증가가 상업적 바다표범 사냥을 확대시키고 있다. 특히 우리나라는 캐나다산 하프물범 기름의 최대 수입국이다. '오메가 3'라고도 불리는 일부 건강식품에 바로 이 기름이 들어가기 때문이다.

모피코트 한 벌을 얻기 위해 약한 동물에게 극도의 공포와 참혹한 고통을 안겨주며 자유와 권리, 생명을 유린하는 것이 과연 윤리적이며 정의로운 일일까. 인간에게 필요하다면 무엇이든 어떤 방식으로든 아무런 죄의식도 도덕관념도 따질 필요가 없는 것일까. 정말 필요한 것이라 해도 그것을 취하는 방법이 그릇되고 왜곡되었다면 그 재화 역시 윤리적이라고 말할 수 없을 것이다. 동물에게도 생명이 있고 고통을 느끼며 주어진 삶을 자유롭게 누릴 권리가 있다.

인간의 이기적 욕망을 채우기 위해서라면 이처럼 잔혹한 모피 사냥이 앞으로 계속되어도 괜찮을까.

오늘날 모피의 이용은 동물의 희생을 바탕으로 인간의 욕구를 채우는 수단일 뿐 결코 합리적이거나 필수적이지 않다. 이제 모피는 인간의 생존을 위한 필수품이 아니라 극단의 사치품에 불과하기 때문이다. 의류산업의 발달로 모피를 대체할 훌륭한 섬유와 의류들이 만들어지고 있지 않은가.

그런데도 모피를 찾는 것은 사치와 허영심의 극단적인 발로일 뿐이라는 모피 반대론자들의 주장에 대해 찬성론자들은 수요가 있으니 공급이 있을 뿐이라고 말한다. 그렇다면 단 한 사람의 소비자가 줄어들면 곧 수십, 수백 마리 동물의 생명을 구하고 고통을 덜어줄 수 있다는 말이 된다.

인간에게 인권이 있듯이 동물에게는 동물권이 있다. 우리가 각자의 이기심을 버리고 애정과 관심으로 지켜본다면 잔혹하게 죽음을 맞는 동물이 줄어들 것이다. 정의로운 사회는 곧 모든 생명을 사랑하고 존중하며 함께 조화롭게 공존하는 사회가 아닐까. 그런 사회를 만들기 위해 우리가 찾아야 할 대안은 무엇일까.

제멋대로 성수기

5월 초 징검다리 휴일을 맞아 민주네는 가족 여행을 떠나기로 했다. 5월 7일부터 10일까지 3박 4일 일정으로 제주도 관광을 계획한 민주 어머니는 비행기 항공권 네 장을 예약하기 위해 항공사로 전화를 걸었다.

"다음 주 토요일에 출발해 화요일에 돌아오는 비행기를 예약할까 하는데 가격이 얼마죠?"

그런데 항공사 측에서 말하는 가격이 미리 인터넷으로 조회해 알아둔 가격과 차이가 났다. 민주 어머니가 그 점에 대해 묻자 이런 대답이 돌아왔다.

"5월 초가 여행 성수기에 해당돼서 평소 요금보다 15% 정도가 추가된다고 보시면 됩니다."

"성수기라뇨? 여행 성수기는 7~8월, 12월 애들 방학 시즌 아닙니까? 언제부터 5월이 성수기가 됐죠?"

"……."

민주 어머니의 말대로 여행 성수기는 여름방학이 있는 7월 초부터 8월 말까지와 겨울방학이 시작되는 12월 초부터 1월 말까지로 정해져 있다. 성수기 중에서도 정점에 해당하는 7월 중순부터 8월 초순, 12월 중순부터 1월 중순까지의 기간은 극성수기라 해서 해외든 국내든 여행지마다 관광객이 집중된다. 이러한 성수기를 제외한 3~5월, 9~11월은 비수기에 해당한다. 그런데 갑자기 비수기인 5월이 성수기라니 민주 어머니는 황당할 뿐이었다.

이렇게 마음대로 성수기를 늘리면 그만큼 요금을 더 받을 수 있으므로 당연히 항공사에 유리한 일이다. 지난해까지만 해도 연말연시와 설, 추석 등 명절과 여름 휴가철만 성수기로 지정되어 있었는데 올해에 항공사들이 일방적으로 이른바 '징검다리 연휴' 기간을 모두 성수기로 포함시켜버렸다. 항공사들은 한 술 더 떠서 올해 여름휴가 성수기도 지난해보다 무려 6일이나 늘어난 44일로 정하기까지 했다.

이로써 2011년 한 해의 전체 성수기는 모두 76일로 57일이었던 지난해보다 19일이나 늘어나게 되었다. 대형 항공사들뿐 아니라 지역에 기반을 둔 저가 항공사들도 이에 질세라 일제히 같은 조치를 취했다.

일단 전화를 끊고 뉴스를 검색해 그런 사실을 알게 된 민주 어머니는 도저히 이해가 되지 않았다. 성수기에는 여행을 떠나려는 사람들의 수요가 몰리니 항공료가 비쌀 수도 있다고 생각해왔다. 수요와 공급의 원칙에 따른 자연스러운 현상으로 여겼다. 그러나 비수기 중의 징검다리 연휴까지 모두 성수기로 포함시켜 요금 인상 효과를 노린다는 것을 알게 되자 우롱당하는 기분이 들었다.

그렇다고 딸과 여행을 가기로 약속해놓고 돈 몇 푼 더 드는 게 아까워 취소를 할 수도 없었다. 민주 어머니는 일단 가족들에게 그 사실을 알리고 상의해보기로 했다.

"10~15%나 더 비싸다고요? 그럼 어떡하지? 엄마, 우리 여행 못 가는 거예요?"

민주가 아쉬운 얼굴로 물었다.

"그건 아니지만, 항공사들이 이렇게 편법을 쓰면서까지 요금을 인상하는 게 잘못이라 이거지. 괘씸하기도 하고. 그래도 우리 딸이 바라던 여행이니 돈이 더 들어도 가야지, 뭐!"

그 말에 민주보다 세 살 많은 대학생 오빠 민석이가 흥분하며 나섰다.

"아니에요, 엄마! 기업들의 부당한 처사에 소비자들이 그렇게 할 수 없지 하면서 숙이고 들어가니까 그런 일이 자꾸 벌어지는 거예요. 부당하다고 생각되면 그걸 거부할 권리가 소비자한테 있어요. 성수기도 아닌데 이익을 챙기려고 성수기라는 이름을 붙여 요금을 올려받는 건 분명 잘못된 거예요. 모두 불매운동에 나서야 해요!"

그러자 아버지도 거들고 나섰다.

"그 말도 맞네. 소비자가 왕이라더니 시녀만도 못하잖아. '이만큼 올렸으니 놀러 가고 싶으면 더 내라, 가기 싫으면 말고!' 이건데, 그렇다고 안 가는 사람이 얼마나 되겠어. 다들 우리처럼 울며 겨자 먹기 식으로 더 내고라도 가겠지."

열띤 토론이 벌어지려는 순간, 이를 지켜보던 민주가 불안한 얼굴로 말했다.

"그러다 정말 여행 안 가는 거 아니에요? 제주도에 꼭 가보고 싶었는데… 그러지 말고 그냥 가요, 네? 엄마, 아빠!"

지난겨울, 엄청난 폭설이 쏟아지자 상점마다 제설도구가 동나는 일이 벌어졌다. 여느 겨울 같으면 몇 천 원이면 쉽게 구할 수 있던 도구가 몇 만 원을 줘야 겨우 손에 넣을 만큼 귀해졌던 것이다. 사람들은 갑자기 가격이 오른 것이 불만이면서도 당장 집 앞 눈을 치우기 위해 앞다투어 구입할 수밖에 없었다.

이처럼 같은 물건이나 서비스의 요금이 어떤 상황에 따라 갑자기 폭등하는 현상이 과연 바람직한가에 대해 생각해보자. 눈을 치우는 도구는 이미 그 효용성에 비춰 적정한 가격이 매겨져 있다. 그런데 단지 상황이 좀 바뀌었다고 해서 몇 배로 가격을 올린다면 다른 사람의 다급한 처지를 이용해 이익을 챙기는 이런 행위가 정의로운 일일까. 어찌 보면 변화하는 상황에 따라 가격이 변동하는 것은 당연한 시장경제 논리로 이해될 수도 있을 것이다.

앞에 예로 든 항공 요금의 경우에도 같은 의문을 품게 된다. 지금까지 여행 성수기의 기준은 모두의 합의에 따라 '대체로 어느 시기'로 정해져왔다. 그래서 학생들의 방학과 직장인들의 휴가가 겹치는 성수기에는 항공권 이용 수요가 폭주하는 현상이 당연하게 받아들여졌다. 그 시기에는 이른바 웃돈을 얹어주고라도 원하는 시기에 여행을 떠나려는 사람들이 많기 때문에 성수기 요금 적용이 보편적으로 설득력이 있었다. 그런데 어느 날 갑자기 항공업계에서 성수기의 범위를 임의로 확대 적용하기 시작한 것이다.

성수기도 아닌데 단지 징검다리 연휴라는 이유로 제멋대로 성수기로 명명하고 일방적으로 가격 인상을 꾀하는 것은 과연 정의로운 결정인가. 그것은 국내 항공 여행객이 줄어들어 손해를 보던 차에 이를 기화로 적자를 보전하겠다는 항공사 측의 이기적인 속셈을 드러낸 것일 뿐이다.

그렇다면 이와 같은 항공사들의 일방적이고 부당한 제멋대로 성수기 늘리기 편법에 따른 부당한 항공 요금 인상에 대해 우리가 취할 정의로운 태도는 무엇일까. 무조건 항공기를 이용하지 않는 것만이 능사일까, 아니면 소비자주권시대의 당당한 주인으로서 다수의 의견을 수렴해 항공사 측에 시정을 요구하는 것이 정의로운 행동일까.

나에게 그런 일이 닥친다면 어떻게 행동하는 것이 옳을지 생각해 보자.

다수를 위한 소수의 희생은 정의로운가

조용하던 시골 동네가 얼마 전부터 온갖 구호로 하루도 조용할 날이 없다.

"화장장 건설을 결사적으로 반대한다!"

"반대한다! 반대한다!"

"우리가 죽은 다음에 만들어라!"

지원이가 사는 마을은 서울 외곽의 나지막한 산들로 둘러싸인 조용하고 공기 좋은 시골이었다. 서울이 두 시간 거리지만, 아직 개발 붐이 일지 않아 자연스러운 정취가 제법 많이 남아 있었다. 최근 들어 녹지개발제한이 다소 풀리면서 드문드문 멋진 전원주택이 들어서고는 있었지만, 아직 자연에 묻혀 사는 맛을 느끼기에는 충분한 곳이었다.

지원이네 가족도 건강이 안 좋은 어머니의 요양을 위해 겸사겸사 몇 년 전 이곳으로 이사했고, 모두 그곳의 삶에 만족하고 있었다. 그런데 얼마 전부터 작은 산등성이 너머에 화장장이 들어선다는 소문이 돌기 시작했다.

"매장식 장례 문화를 고쳐나가려면 화장장이 필요합니다. 땅덩어리가 부족해 더 이상 공동묘지를 만들 곳도 없습니다. 이대로 가다가는 죽어도 묻힐 땅이 없을지도 모릅니다. 그렇기 때문에 화장을 해서 유골을 납골당에 안치하는 쪽으로 바꿔나가야 합니다. 여러분이 도와주십시오!"

얼마 전 선출된 신임 지자체 장이 새로운 사업안으로 화장장 설치를 적극 추진하고 나섰다. 이에 대해 동네 사람들은 침을 튀겨가며 반대 시위를 벌였다.

"그렇다고 왜 하필 우리 동네냐 이거야. 시체를 태우면 그 냄새며

분진이 보통이 아니라던데, 뼈와 살이 타는 냄새를 맡으며 살란 말이야! 절대 안 돼!"

"게다가 우리 지역민을 위한 시설이 아니라잖아요. 서울이고 경기도고 가까운 지역에서 날마다 수십 구의 시체를 실어 나를 텐데 생각만 해도 기가 막힙니다."

그러자 사업자 측에서는 적극적으로 주민을 설득하기 위해 나섰다.

"그래도 화장장 시설은 우리 모두에게 필요한 시설이 아닙니까? 모두를 위해 좋은 일 한다고 생각하면 안 되겠습니까? 그 시설을 유치하면 정부에서 수십억 규모의 지원금이 나옵니다. 그 돈으로 주민들을 위한 편의 시설도 함께 건설하면 지역도 개발되어 생활환경도 지금보다 훨씬 좋아질 것입니다!"

그러나 주민들은 그렇게 좋은 시설이면 다른 지역도 얼마든지 가능할 텐데 왜 하필 우리 동네냐고 입을 모았다.

"몇 년 전 저쪽 동네에 쓰레기 소각장이 생겼잖아? 그때도 주민들이 결사적으로 반대했는데 어떻게 회유를 했는지 결국 넘어갔지. 그런데 공사를 뭘 잘못했는지 근처에 사는 사람들은 밤만 되면 이상한 냄새 때문에 고통이 이만저만이 아니라는 거야. 송아지도 기형으로 태어나고 말이야. 그런 지경인데 사람한테는 해가 없겠어? 우리도 나중에 후회하지 말고 무조건 막아야 해."

지원이가 다니는 고등학교에서도 그 일로 친구들 사이에 논쟁이 벌어졌다.

"우리 동네에 화장장이 들어온다는데 어떻게 생각하냐?"

한 친구가 질문을 던지자 준호가 말했다

"난 당연히 반대! 이 지역 인구가 얼마나 된다고 그런 시설이 필요해? 정작 그 시설을 주로 이용하는 건 서울이나 수도권 사람들일 거라고. 그럼 인구가 더 많은 곳에 만들어야 하는 거 아냐?"

"인구 비례로 인구가 많은 곳에 만들자는 말도 맞아. 그런데 그 시설은 한두 사람을 위한 게 아니라 모두를 위한 거잖아. 많은 사람들이 이용하려면 우리나라 어딘가에는 있어야 할 테고. 자기 집 앞은 안 된다는 님비NYMBY(Not In My Back Yard) 현상은 옳지 않다고 배우지 않았냐? 내 집 앞은 안 되고 남의 집 앞은 괜찮다는 생각이 옳을까?"

철수는 준호와 다른 의견이었다.

"그 말은 다수를 위해서는 소수가 희생을 해야 한다는 거네. 그게 민주주의 원칙이기는 하지만 다수를 위한 소수의 희생은 항상 옳을까? 소수에 속하는 우리 지역 사람들의 권리와 자유, 행복권, 재산권 침해 같은 건 누가 보상해줄 건데? 국가에서 지역개발비 명목으로 주는 보상금이 있다지만, 그게 침해당한 권리에 대해 정당한 보상이 될까?"

준호가 되묻자 지원이가 고개를 끄덕였다.

"맞아. 우리 집은 편찮으신 어머니의 건강을 생각해 서울에서 이

사를 온 경우야. 우리 가족은 자유의사로 더 좋은 환경을 찾아왔는데, 우리 의사와 관계없이 갑자기 근처에 그런 시설이 들어선다면 우리 가족의 자유와 권리를 침해받는 게 아닐까?"

뉴스를 보면 쓰레기 소각장이나 화장장, 방사능 폐기물 처리장 등 이른바 혐오 시설의 지역 내 설치에 관한 찬반 논쟁이 자주 등장한다. 생활 속에서 발생할 수밖에 없는 소각용 쓰레기나 주검, 전력 생산을 위해 원자력발전소에서 사용하고 남은 방사능 폐기물 등을 처리하려면 특별한 시설이 필요하다. 그것의 주체는 국민 다수다. 그런데 그런 시설들에 대한 대다수의 입장은 이중적이다. 도의적으로는 필요하지만 막상 그것을 내 집 가까이에는 두고 싶지 않다는 것이 보편적인 심리이기 때문이다.

그럴 때 등장하는 논리가 바로 다수를 위해 소수가 한 발짝 양보하고 희생함으로써 모두의 편의와 행복을 추구하자는 것이다. 대체로 대다수가 꺼리는 시설을 찬성하는 쪽에서는 모두에게 필요한 시설이라는 점과 그에 따른 보상안에 초점을 맞춘다. 즉, 혐오 시설 한두 개 설치하고 지역의 경제나 생활 여건이 나아진다면 그것이 모두를 위해 더 좋은 일이라는 것이다. 그렇다면 소수의 희생이 따르더라도 적절한 보상이 이루어진다면 받아들이는 것이 모두를 위해 정의로운 선택일까.

이에 반대하는 입장에서는 개인의 권리가 침해되고 생활환경이

나빠질 뿐 아니라 소수의 권리가 무시되는 것은 부당하다고 주장한다. 대다수 국민들의 주요 관심사였던 방사능 폐기물 처리장 선정과 관련해서도 잡음이 많았다. 사업 주체인 정부는 지역 주민들에게 부지 선정의 불가피성을 강조하며 다수의 이익을 대변할 뿐 민주적 절차를 무시하고 의견 조율에 소홀한 측면이 있었다. 그리고 이에 반대하는 운동 단체나 지역 주민들을 인정하지 않고 지역 이기주의로 몰아붙이기도 했다. 이에 대해 지역 주민들은 개인의 건강과 생활, 재산권 침해 등을 내세워 적극적으로 반대함으로써 첨예한 갈등을 빚었다.

이런 일이 실제로 나와 내 주변 생활 구역에서 발생한다면 어떻게 절충안을 찾아야 할까. 더 많은 사람들의 편의와 행복을 위해 소수의 권리와 자유는 무시되어도 좋을까. 다수에게 도움이 되는 것은 언제나 정의롭고 거기에 반대하는 것은 정의롭지 못한 행위일까.

아울러 혐오 시설의 설치를 조건으로 지역 개발이나 보상금을 지원하는 것이 과연 도덕적으로 바른 정책인가에 대해서도 생각해보자. 또한 다수는 물론 소수의 권익이 침해당하지 않으면서도 정의롭고 긍정적인 결과를 얻으려면 어떤 노력이 필요한지에 대해서도 고민해보자.

독재국가의 민중 봉기

튀니지의 수도 튀니스 남쪽 300km에 있는 시디 부 지드에 사는 20대 중반의 청년 실업자 모하메드 아부지지는 몇 달째 일거리를 찾아 돌아다녔지만 모두 헛수고였다. 길을 걷다보면 자신과 같은 젊은이들이 거리를 배회하는 것을 어렵잖게 볼 수 있었다. 그는 어쩔 수 없이 그동안 힘겹게 모아온 돈 몇 푼으로 청과물 노점상을 하기로 결심했다.

다음 날 아침 일찍 그는 시장 한쪽에 자리를 펴고 과일과 야채를 늘어놓았다.

"야채 사세요. 오늘 아침 밭에서 따온 싱싱한 야채와 과일이 있습니다……."

그는 쑥스러움을 참아가며 어렵게 입을 열어 소리쳤다.

그런데 얼마 지나지 않아 제복을 입은 경찰 몇이 그의 노점으로 다가와 물었다.

"이봐, 허가증 있나? 누가 여기서 이런 걸 팔라고 했지?"

아부지지는 단속 경찰의 물음에 당황했지만 겁먹지 않고 되물었다.

"노점을 하는데 무슨 허가증이 필요합니까? 처음 듣는 말인데요."

"그래? 이곳에서는 판매 허가증이 없으면 누구도 장사를 할 수 없다. 당장 치워!"

우두머리의 말이 떨어지기가 무섭게 뒤에 서 있던 경찰들이 아부지지의 노점을 뒤집어엎기 시작했다. 그들은 많지도 않은 과일과 야채를 몰수하고는 저울까지 챙겨가려 했다. 그대로 당할 수 없었던 아부지지는 그들을 막아서며 항의했지만, 우두머리가 그를 제지하며 따귀를 올려붙였다. 그리고 순식간에 당한 봉변에 당황해 어쩔 줄 모르는 아부지지를 남긴 채 그들은 재빨리 현장을 떠나버렸다.

튀니지의 실업률은 14%를 넘어서며, 25~30%에 이르는 청년 실업률은 열심히 일해야 할 젊은이들을 모두 거리로 내몰았다. 저마다 살기 위해, 빵을 구하기 위해 노점이라도 해야 했다. 그런 처지에 있던 아부지지는 경찰에게 당한 부당한 대우에 항의하며 그날 오전 지방 청사 앞에서 온몸에 기름을 붓고 분신자살을 기도했다.

튀니지 혁명의 불씨가 된 이 사건은 2010년 12월 17일에 일어났다. 이를 계기로 대학을 졸업하고도 직장을 구하지 못한 젊은 층을 중심으로 조직의 권리와 언론 자유, 대통령 주변의 부패에 대한 처벌 등을 요구하는 파업과 시위가 전국적으로 일어났다. 늘 생계를 걱정하며 살아야 했던 시민들도 그동안 참아온 불만을 터뜨리며 시위에 참여하기 시작했다. 이로써 시위는 특정 세대가 아니라 모든 연령의 시민들로 확대되었다.

높은 실업률에 대한 항의 시위는 곧 부패와 인권침해로 문제가 된 벤 알리의 23년간의 장기 집권을 비판하는 시위로 급속히 번져나갔다. 결국 시민들의 뜨거운 항의와 저항 끝에 독재자 벤 알리는 대통령에서 물러나게 되었다. 튀니지의 시민혁명이 성공을 거두자 이웃 나라인 알제리, 리비아, 이집트 등에서도 독재 정권 타도와 인권 회복을 요구하는 시위가 이어지기 시작했다.

사람은 누구나 자신에게 주어진 자유를 누리며 살 권리가 있다. 그리고 사람답게 살 권리도 있다. 그러나 세계적으로 보면 악랄한 독재자의 통치 아래 20~30년씩 억압과 통제를 받으며 인간답게 살지 못하는 사람들도 있다. 통신과 언론이 발달하지 않았던 과거에는 외부 세계와의 정보 소통이 원활치 않아 그런 나라의 국민들이 어떻게 살고 있는지 모르는 경우가 많았다. 그러나 21세기 들어 다양한 통신 수단이 발달하면서 세계가 모두 이웃처럼 신속한 정보의 소통과 공유가 가능해졌다.

우리나라도 1970년 11월 청계천 봉제공장 노동자들의 인권 회복을 위해 분신자살한 전태일 사건을 계기로 인권과 민주화에 눈뜨게 되었다. 최근 민주화 열기로 세계의 주목을 받은 아프리카 튀니지도 그동안 무려 20여 년에 걸친 독재 체제 아래 많은 국민이 신음해왔다는 사실이 뒤늦게 세상에 알려지게 되었다. 튀니지를 통해 우리는 시민혁명의 힘을 짐작할 수 있다. 튀니지 국화 이름을 따서 '재스민 혁명'이라고도 불리는 튀니지 혁명이 힘을 얻자 이집트와 리비아, 시리아, 예멘 등으로 시민혁명의 들불이 번져나갔다.

혁명은 이처럼 전염력이 매우 강하다. 이는 자유와 인간답게 살 권리에 대한 인간의 욕망이 그만큼 크다는 뜻일 것이다.

스핑크스와 피라미드로 유명한 유적의 나라 이집트에서도 1981년에 권력을 잡은 호스니 무바라크 대통령이 무려 30년이나 독재 권력을 장악해왔다. 그는 비상사태법으로 나라를 엄격히 통제하는 가운데 권력을 확장하고 대통령직을 더 연장하려는 음모를 꾸미기도 했다. 그런 가운데 시민들의 삶의 질을 높이는 데는 소홀해 높은 실업률과 물가 불안정 등으로 불만이 극에 달한 시민들은 튀니지 혁명의 성공을 지켜보며 민중 봉기를 일으킬 힘을 얻었다. 무바라크 이집트 대통령이 결국 권력을 군부에 이양하고 대통령직에서 물러나면서 시민혁명은 주변 나라들로 계속 확산되어갔다.

20~30년씩 나라를 통치하며 독재자들이 한 일은 민생 안정이 아니라 부정 축재였다. 스위스 정부는 최근 현재까지 동결 조치된 무아마르 카다피 리비아 국가원수와 그 측근들이 스위스에 불법 은닉한 자산이 3억 6천만 스위스 프랑(약 4,428억원)이며, 호스니 무바라크 전 이집트 대통령의 자산은 4억 1천만 스위스 프랑, 벤 알리 전 튀니지 대통령의 자산은 6천만 스위스 프랑으로 파악됐다고 밝혔다. 또한 중동과 아프리카 독재자들의 은닉 재산을 모두 합치면 대략 8억 3천만 스위스 프랑(약 1조 200억원)에 달한다고 밝혔다.

독재자들이 제3국의 비밀 금고에 감추어둔 돈이 투명하지 않은 돈이라는 것은 누구나 쉽게 짐작할 수 있다. 자신이 통치하는 나라의 국민들은 삶의 질곡에 빠져 허우적대는데 그들은 자신의 주머니만을 채우며 호의호식해왔다. 더 많은 사람들이 행복하게 살기 위해 소수의 희생을 감수하는 것이 정의라면 이 독재자들은 정반대의 신념으로 세상을 살아온 셈이다.

여기서 우리는 인간이 얼마나 자유와 행복, 인간답게 살 권리를 갈망하는 존재인가를 알 수 있다. 뜨거운 시민 봉기를 일으킨 사람들은 통치자에게 무리한 것을 바라지 않았다. 다만 일할 수 있게 해주기를 바랐으며 인간답게 살 권리를 바랐을 뿐이다.

최근 중동 지역에서 일어난 민주화 시위는 식료품 가격의 인상에서 비롯되었다. 먹을 것, 즉 '빵'이 불씨가 된 것이다. 생존에 필요한 기본적인 욕구의 충족이 어려워질 때 인간은 당황하고 분노하며 폭발하게 된다. 올해 초 유엔 산하 식량농업기구FAO가 식량 파동의 가능성을 경고하면서 국제 식료품 가격이 하늘 높은 줄 모르고 치솟기 시작했다. 그 결과 알제리에서는 단 1주일 만에 주요 식료품 가격이 20% 이상 올랐고, 인도에서는 카레의 주재료인 양파가 품귀 현상을 빚었으며, 여러 나라에서 폭동이 일어났다. 그 결과 튀니지의 독재 권력을 끌어내린 것이다.

앞에서 본 대로 분노한 시민 세력은 큰 물결을 형성하며 체제 전복까지 이루어낼 힘이 있다. 개인은 약하지만 수많은 개인이 뭉치면 큰 힘을 발휘할 수 있음을 보여준 것이다. 독재자들은 이런 시민들의 힘을 짐작하지 못했다. 권위와 힘으로 통제하고 마음대로 휘두를 수 있다고 착각한 것이다. 만약 독재자들이 혼자만 잘 먹고 잘 살기 위해 노력할 것이 아니라 나라의 운영을 맡긴 국민들 모두와 함께 잘 사는 길을 모색했더라면 오늘날과 같은 비참한 말로는 겪지 않았을 것이다. 독재자들에게 부족했던 것은 무엇일까.

만약 우리가 21세기의 독재국가에 살게 된다면 어떻게 난관을 헤쳐나갈지 생각해보자. 개인이나 소수의 축재보다는 더 많은 사람들이 행복하고 자유로운 나라를 만드는 데 필요한 지도자의 조건은 무엇일까.

지구온난화, 모두를 위한 대안은?

지구온난화가 계속 진행돼 북극의 빙산이 녹기 시작했다는 사실은 누구나 알고 있다. 특히 무려 3천 년의 역사를 자랑하며 북극에서 가장 큰 빙산으로 알려진 워드헌트 빙산은 2000년 4월부터 조금씩 갈라지기 시작해 2002년에는 완전히 두 조각으로 분리되었고, 점점 더 작은 조각들로 빠르게 분리되고 있다고 한다. 북극 연구에 참여한 해외 과학자들에 의해 밝혀진 이런 사실에서 지구온난화 현상으로 생태계가 매우 급속히 변화하고 있음을 알 수 있다.

북극은 남극대륙과 달리 얼음으로 뒤덮인 '얼음의 바다'다. 이 북극해의 전체 얼음이 지난 20년 동안 14% 이상 줄었으며, 이런 추세가 이어질 경우 50년 안에 모두 녹아버릴 것이라는 무서운 경고도 나와 있다. 북극의 얼음이 모두 녹는다 해도 해수면이 높아지거나 육지가 물에 잠기는 일은 일어나지 않지만, 얼음이 바닷물로 변했을 때의 상황은 예측할 수 없다. 북극의 얼음으로 지구의 적정 온도가 유지되어왔으나 얼음이 사라지면 온도 조절 기능이 상실되어 지구 전체가 뜨거워지거나 북극해의 한류가 북유럽 근해로 내려와 유럽의 기온이 급격히 낮아질 수도 있기 때문이다.

가장 크고 직접적인 생존의 위협을 받는 존재는 바로 북극의 '주인'인 북극곰이다. 캐나다의 북극곰 연구가들은 허드슨 만에 서식하는 북극곰들의 몸무게가 최근 15% 이상 감소했다는 것을 확인했다. 북극의 봄이 해마다 2~3주가량 빨라지면서 얼음이 녹기 시작하는 시기도 그만큼 빨라졌는데, 바로 이것이 북극곰의 생존을 위협한다. 북극곰들은 얼음에 구멍을 뚫어 바다표범을 사냥하는데 얼음이 없으면 사냥이 불가능하기 때문이다.

또한 새로 태어나는 아기 곰의 숫자도 급격히 줄어들었다. 이는 어미들이 먹이를 충분히 먹고 새끼를 키우는 게 점차 어려워지기 때문이다. 시간이 갈수록 전체 북극곰의 숫자가 줄어들어 결국 멸종에 이를 수도 있다. 미국 지질조사센터에서도 앞으로 50년 이내에 북극곰의 개체수가 60~70% 이상 줄어들 것으로 전망했다. 북극해의 얼음이 모두 녹는다면 북극곰도 살아남지 못할 것이다.

물론 북극권에서 생존을 위협받는 생명체가 북극곰만 있는 것은 아니다. 북극에서 오랜 세월 살아온 모든 생명체들에게 북극의 얼음은 중요한 생존 터전이므로 북극권의 기후가 변한다면 대부분 멸종되거나 매우 큰 영향을 받을 것이다.

얼음이 녹아 사냥이 어려워지면 사냥에 실패해 굶주린 북극곰들은 본능적으로 먹이를 얻기 위해 사람들이 사는 곳을 기웃거리게 된다. 그리고 쓰레기통에서 인간이 먹고 버린 음식물을 뒤지기 시작한다. 이것은 인간과 북극곰 사이에 새로운 갈등의 원인이 된다. 집 앞에서 쓰레기통을 뒤지던 곰과 갑자기 마주쳤을 때 사람들이 느끼는 당혹감은 매우 클 것이다. 먹이를 찾지 못한 곰들이 인간을 공격할지도 모른다는 두려움이 앞서기 때문이다.

한편, 북극의 얼음이 빠른 속도로 녹아내리는 현상을 보면서 사람들은 전혀 다른 꿈을 꾸고 있다. 이미 2008년에 유럽과 아시아를 최단거리로 잇는 북극권의 '북서 항로'가 열리기 시작했다. 영국에서 아프리카를 돌아 인도양을 거쳐 우리나라에 도착하는 원래의 항로는 약 2만 3,400㎞지만 북서 항로를 통하면 약 1만 2,800㎞로 거의 반이 줄어든다.

그런데 시간과 경비를 절약할 수 있는 '꿈의 항로'로 일컬어지기도

하는 북서 항로의 개통은 기후 변화로 인한 북극해의 해빙 가속화에 따른 것임을 부인할 수 없다. 이에 따라 캐나다를 비롯한 연안 국가 간에 주권 분쟁이 이는 가운데서도 선박 통행량은 해마다 크게 늘어나고 있다. 얼음 없는 뱃길이 열리자 '자원의 보고'인 북극을 선점하기 위해 세계 각국의 선박들이 북극해로 몰려들면서 주변국들 간의 갈등도 커지고 있다.

그런가 하면 약삭빠른 장사꾼들은 비즈니스 감각을 발휘해 새로운 돈벌이 수단으로 삼기 시작했다. 몇몇 나라들은 이미 십여 년 전부터 여름에 시베리아에서 출발해 북서 항로를 거치는 관광 상품 '북극 크루즈'를 운행하고 있다.

이 모든 일은 북극의 해빙에서 비롯된 아이러니라고 할 수 있다. 얼음이 녹는 것을 보며 늦기 전에 지구온난화를 막아야 한다는 환경론자들의 걱정스러운 외침의 반대편에서는 얼음 없는 뱃길의 상업적 이용 가능성에 관심이 쏠리고 있는 것이다.

인간은 행복을 추구하는 존재다. 그렇다면 이왕 얼음이 녹아 뱃길이 열렸으니 그것을 적극 활용해 모두에게 즐거움과 행복을 주는 것이 옳은 일일까. 그것은 과연 모두에게 진정 정의로운 일일까.

인류 문명이 발달하면서 과학기술의 수준이 나날이 높아져 오늘날 인간의 삶은 100년 전보다 훨씬 편리해졌음을 부인할 수 없다. 그러나 그 과정에서 인간은 자연환경을 훼손하고 말았다. 지구 생태계가 급격히 변화를 겪고 있지만 그 원인으로 짐작되는 지구온난화에 대해서는 현재까지 명확히 규명하지 못하고 있다. 다만 이산화탄소와 메탄, 수증기 등의 온실기체가 온실효과의 유력한 원인으로 추정되고 있을 뿐이다. 온실기체 가운데 가장 대표적인 이산화탄소는 인류의 산업화와 함께 발생량이 꾸준히 증가해왔다. 또한 1930년대에 처음 개발되어 화장품과 스프레이 제품의 가스, 냉장고나 냉각기의 냉매, 반도체 등의 전자제품이나 정밀기계의 제조용 세정제 등에 폭넓게 사용되어온 프레온가스가 있다. 프레온가스는 온실효과를 가장 크게 일으킬 뿐 아니라 오존층 파괴의 주범으로 지목되고 있다.

그런가 하면 숲의 파괴나 환경오염 때문에 산호초가 줄어들어서 온난화가 심해진다는 가설도 있다. 나무나 산호가 줄어들면 공기 중의 이산화탄소를 흡수하지 못해 이산화탄소 양이 계속 늘어나게 된다는 것이다. 이 밖에도 여러 가설이 있지만 온실효과 외에는 뚜렷한 해답을 찾지 못하고 있다.

인류는 어느 순간부터 자연과 함께 어우러져 살기보다는 개발이라는 명목으로 훼손하고 지배하려고 노력해왔다. 그 과정에서 지구는 점차 병들어 마침내 온난화와 같은 중병을 앓게 된 것이다. 현재 우리가 누리고 사는 자연과 지구 생태는 우리 세대에서 소멸되고 다시 만들어지는 일회용품이 아니다. 후손들에게 두고두고 온전하고 안전한 상태로 물려주어야 할 소중한 자산인 것이다.

오존층이 파괴되고 북극의 얼음이 녹아 없어지면서 온난화로 인한 각종 자연재해와 생태계 파괴의 실상을 우리는 안타깝게 바라보고 있다. 이에 좀 더 적극적으로 대처할 방법은 없을까. 북극곰 한 마리가 사냥을 하지 못해 굶어죽는다면 그것은 한 개체의 사망으로 그치는 게 아니다. 꿀벌이 사라지는 현상이 단순하지 않은 것과 마찬가지다. 꿀벌이 사라지면 과일나무의 열매가 열리지 못하게 되고, 그다음에는 도미노처럼 끔찍한 결과로 이어질 것이기 때문이다.

인류의 안락한 삶을 위해 끊임없이 발전해온 과학기술과 문명의 이기가 이제는 오히려 인류의 삶과 미래를 위협하는 원인이 되어버렸다. 다음 세대에게 안전하고 행복한 지구를 물려주기 위해 자연과 인간이 함께 공존할 수 있는 궁극적이고 정의로운 대안은 무엇일까.

원자력발전소는 정말 안전한가

긴급 뉴스를 통해 일본에 최악의 지진이 발생했다는 뉴스를 접한 정훈이 어머니는 눈앞이 캄캄해지는 것 같았다. 딸 정선이가 일본 도쿄의 한 대학에서 정치학을 공부하고 있기 때문이다.

"어머나, 이게 무슨 일이야? 지진이라니⋯ 아휴, 우리 딸 어떡하나⋯⋯."

서둘러 딸에게 전화를 걸어보았지만 좀처럼 연결되지 않았다.

고등학생인 아들 정훈이가 학교에서 돌아왔을 때까지 어머니는 손에 전화기를 든 채 정신 나간 사람처럼 텔레비전 앞에 앉아 있었다. 정훈이도 누나가 걱정되기는 마찬가지였다.

"누나랑 연락이 안 돼요? 나도 학교에서 일본에 지진 났다는 말을 들었어요."

"연락이 안 되니까 하루 종일 이러고 있잖니. 큰일이구나. 오늘 지진 난 지역과는 좀 떨어져 있지만 그래도 안전할 리 없을 텐데……."

다행히 다음 날 일찍 정선이가 일본에서 전화를 걸어와 생사를 확인할 수 있었다.

"얘, 다친 데는 없니? 안전한 데로 피신한 거야?"

어머니는 딸에게 당장 한국으로 돌아오라고 말했다.

"엄마, 나도 무서워 죽겠어. 여긴 지진이 워낙 많이 일어나지만, 이번엔 정말 깜짝 놀랐어! 근데 학교는 어떡하지?"

이제 2학년인 정선이는 앞으로가 걱정이었던 것이다.

"뭘 어떡해? 사람이 죽게 생겼는데 학교가 문제니? 이 난리 통에 학교가 문을 연대니? 그러게 처음부터 일본으로 가는 게 아니었어."

며칠 후, 일본 원전이 폭발을 일으켰다는 뉴스가 이어지자 어머니는 딸을 더 이상 일본에 둘 수 없어 전화로 설득을 했다.

"후쿠시마에서 원자력발전소가 폭발했다잖아! 학교고 뭐고 다 때

려치우고 당장 돌아와."

"알았어요. 저도 더는 불안해서 못 있겠어요. 그런데 당장은 가고 싶어도 못 가요, 엄마. 비행기 표 구하기가 너무 어려워요. 일단 예약해뒀으니 자리가 나는 대로 갈게요. 엄마 아빠, 걱정 마세요."

가족들은 그제야 일단 한숨을 돌렸다. 지진이 원자력발전소 폭발이라는 엄청난 사고로까지 이어질 줄 몰랐던 정훈이도 가슴을 쓸어내렸다.

일본 북동부 지역에서 규모 9.0의 지진이 발생한 뒤 후쿠시마 제1원자력발전소의 발전기가 차례로 폭발했다. 1호기는 원자로의 외부 건물 일부가 폭발하고 원자로 노심 일부도 손상되었다. 이 사고는 지진의 직접적 충격으로 인한 것이 아니라 전기가 끊기면서 냉각 시스템에 문제가 생겨 일어났다. 이에 따른 방사성 물질의 누출로 백여 명이 피폭되고 인근 주민 20여 만 명이 대피해야 했다.

그날 이후 후쿠시마 제1원전 부근에서는 매 시간 다량의 방사선이 검출되었는데, 그 수치가 일반인의 연간 피폭 한도에 근접한 양이라고 한다. 이에 따라 일본 정부 당국은 후쿠시마 제1원전에서 20㎞ 이내의 주민들에게 대피 명령을 내리고, 20~30㎞ 지역에 사는 주민들에게는 방사성 물질 누출 가능성이 높으니 외출을 삼가고 실내에 대기하라는 지시를 내렸다.

원자력 발전 방식은 다른 발전 방식에 비해 초기 건설비용은 높지만 가동하는 데 들어가는 연료비가 상대적으로 매우 저렴하기 때문에 많은 나라에서 선호하고 있다. 또한 화석연료를 태울 때 나오는 이산화탄소 · 아황산가스 · 질소산화물 등의 유해물질이 나오지 않기 때문에 온실효과나 산성비로 인한 생태계 위협 요인을 제거할 수 있어 지구환경의 보존 측면에서도 효과적이다. 고장이 일어나지 않는 한 12~18개월간 연속 운전이 가능하고 저렴하고 질 좋은 전기를 공급할 수 있다는 장점도 있다.

첨단 과학기술의 집합체인 원자력발전소를 운영하려면 고도의 기술 축적이 이루어져야 하며, 이에 따라 과학 및 관련 산업의 발달을 촉진시킬 수 있다는 장점이 있다. 현재 우리나라는 독자적 기술로 개발한 한국표준형 원전을 통해 기술 자립을 이루었을 뿐 아니라 원전기술을 중국, UAE 등에 수출함으로써 국제적으로도 기술의 우수성을 인정받고 있다.

그러나 원자력발전은 발전 과정에서 불가피하게 발생되는 방사선 및 방사성 폐기물을 안전하게 관리하고 처리하는 데 필수적인 안전장치가 필요하다. 여기에는 추가 비용이 발생할 뿐 아니라 독성이 강하고 수명이 긴 고준위방사성폐기물(사용 후 핵연료)을 장기간 안전하게 관리해야 하는 어려움이 따른다. 당연히 관계자들은 방사선 및 폐기물 관리에 엄격한 기준을 적용한다고 하지만, 이번 일본의 경우나 이전에 있었던 체르노빌 원전 폭발 사고와 같은 예를 보면 안전을 절대

적으로 확신하기는 어렵다. 이번 사고가 나기 전까지는 일본도 원자력발전 분야에서는 세계적인 기술력을 자랑해왔기 때문이다.

눈에 보이지 않는 방사능은 인체에 매우 유해해 일단 사고가 나면 광범위하게 오염이 일어날 수 있다. 수많은 사람들이 자신도 모르는 사이에 희생될 수 있는 것은 물론 방사능 반감기가 길어 오염을 제거하는 것도 결코 쉬운 일이 아니다. 일단 오염이 일어나면 오염 지역의 모든 것이 위험물로 변한다. 피폭된 사람은 물론 동물이나 채소, 물, 토양, 바닷속의 어패류도 마찬가지다. 게다가 방사능은 바람을 타고 흘러갈 수 있기 때문에 그 지역만 벗어난다고 안전을 보장하기도 어렵다. 그래서 사람들은 방사능 공포로 패닉 상태에 빠지고 혼란해져 사회적으로 중대한 문제가 되는 것이다.

일본 원전 폭발 사고를 계기로 세계 여러 나라들은 자국의 원자력발전소를 계속 운영할 것인지에 대해 신중하게 고민하기 시작했다. 여러 가지 긍정적인 조건에도 불구하고 단 한 번의 실수나 사고로 야기되는 결과가 너무 엄청나기 때문이다.

물론 원자력발전의 기술 역시 제한된 자원으로 최대의 효율을 얻기 위한 인간의 노력에서 비롯되었음을 부인할 수 없다. 그러나 이제 그것이 인류의 안전과 행복에 얼마나 기여하는가에 대해 진지하게 고민할 시점이 되었다. 정치 논리와 경제 논리만 앞세워 무조건 밀어붙이는 위정자들 때문에 무고한 시민들이 자신의 생명을 담보로 불안한 미래를 살아가야 한다면 과연 정의로운 사회일까.

원자력발전은 분명 여러 가지 장점을 갖추고 있지만, 일본에서 일어난 원전의 방사능 누출 역시 현실이며 결코 남의 일이 아니다. 남의 일이라 애써 외면한다고 해서 실존하는 위험과 공포가 사라지는 것도 아니다. 그렇다면 그것을 극복하고 궁극적으로 안전하고 행복한 사회를 만들기 위해 풀어야 할 과제는 무엇일까.

이미 투자된 엄청난 자금을 회수하기 위해 시민들의 생명을 담보로 원자력발전을 계속 강행해야 할까, 아니면 최소한의 위험도 봉쇄하기 위해 원전을 폐쇄하고 새로운 에너지를 찾아야 할까. 어느 것이 올바른 선택인지 고민해보자.

구제역 동물 살처분, 동물복지를 생각하다

경철이 아버지는 15년 전 고향인 충청도로 내려가 한우를 키우기 시작해 현재 130마리가 넘은 제법 큰 규모의 축산 농가를 지키고 있다. 그런데 얼마 전부터 인근 지역 농가에서 이상한 소문이 들려오기 시작했다. 그것은 구제역에 관한 것이었는데 누구네는 몇 마리가 걸렸다느니, 또 누구네는 살처분을 하게 됐다느니 하는 소리였다.

'설마 우리 집까지 오지는 않겠지.'

경철이 아버지는 걱정스러우면서도 그렇게 믿고 싶었다.

고등학생인 경철이는 시내 친척 집에서 학교를 다니고 주말이면 집으로 오곤 했다. 금요일 오후, 경철이가 집에 돌아왔을 때 아버지는 축사 앞을 서성이고 있었다. 경철이도 구제역 소식을 들었으므로 아버지의 근심을 충분히 짐작할 수 있었다.

"아버지, 괜찮으세요? 우리 소들은 건강하니까 별일 없을 거예요. 힘내세요!"

아버지는 고개를 끄덕이며 막내아들의 어깨를 두드려주었다.

다음 날 아침, 먹이를 주러 축사에 간 아버지는 소들의 상태를 찬찬히 살펴보았지만 구제역 증상을 의심할 만한 소는 눈에 띄지 않았다. 암소 한 마리가 침을 좀 흘렸지만, 아직 구제역이라고 단정할 수는 없으니 좀 더 지켜보기로 했다.

그런데 그날 밤 군청의 축산계 직원들이 찾아와 믿을 수 없는 말을 전해주었다.

"이 농장의 소 132마리가 살처분 대상에 포함되었습니다."

"뭐라고요? 그게 무슨 말이에요? 우리 소들은 아직 멀쩡한데 살처분이라뇨?"

경철이 어머니가 발끈해서 묻자 축산계장이 대답했다.

"지난 14일에 암소 아홉 마리 출하하셨죠? 그때 소를 실으러 도축 배달 차량이 들렀던 걸로 확인됐는데요, 그 차량이 그전에 이미 구제역에 오염된 다른 농장을 방문한 사실이 밝혀졌습니다. 전국적으로 구제역이 확산되는 추세라 오염된 도축 차량이 이동하며 들렀던 농장은 예방 차원에서 모두 살처분 대상으로 지정됐습니다."

오염된 차가 왔다 갔으니 소가 병에 걸렸든 아니든 무조건 죽여야 한다는 말이었다.

"아니, 세상에 그런 법이 어디 있어요? 저렇게 멀쩡한 소들을… 내가 15년이나 애지중지하고 새끼 받아가면서 키워온 자식 같은 소들을 어떻게 죽인단 말이오!"

경철이 아버지는 기가 막혀서 언성을 높였다.

"정말 죄송합니다만, 위에서 지침이 그렇게 내려와서 저희들은 그대로 따를 수밖에 없습니다. 선생님, 정말 죄송합니다."

"이게 죄송하다는 말로 끝날 일이에요? 소 키우는 사람한테서 소를 앗아가면 어떻게 살라는 겁니까? 절대 안 돼요! 어디 한 마리라도 병이 났어야 말이지……."

어머니도 화가 나서 펄펄 뛰었다.

경철이는 방에서 어른들의 이야기를 듣다가 축사로 가보았다. 소들도 주인의 마음이 불편하다는 걸 아는지 잠을 못 자고 우는 녀석들도 있었다.

다음 날 다시 찾아온 방역 담당 직원들은 경철이 부모 앞에 무릎까지 꿇어가며 계속 설득했다. 축산 농가 주인이 아무리 거부해도 예방 대책으로 내려온 사안이니 결국 따라야 한다는 사실을 모두 알고 있었다. 그날 오후, 경철이 아버지는 눈물을 머금고 서류에 도장을 찍을 수밖에 없었다. 그 서류에는 한 마리당 보상 액수와 살처분에 동의한다는 내용이 적혀 있었다.

"내가 우리 소들을 생매장시키고 앞으로 어떻게 살아갈지 모르겠소. 보내기 전에 좋은 사료나 먹여서 보내게 해주소."

아버지는 참았던 눈물을 쏟으며 아껴둔 사료를 모두 꺼내어 축사로 들어갔다. 소들도 자신의 운명을 아는지 구슬픈 울음소리가 끊이지 않았다.

해질 무렵 축산계 직원들은 준비해온 물품을 꺼내 들었다. 그것은 소에게 주입할 약품이었다. 132마리의 소 가운데 수소부터 차례로 주사를 놓기 시작했다. 그중에는 불과 며칠 전 태어난 송아지들도 여섯 마리나 있었다. 담당자들은 애써 담담하게 일을 처리했으나 송아지에게 주사를 놓아야 할 상황이 되자 젊은 방역 담당자는 한숨을 쉬며 흐느끼기 시작했다. 떨리는 손으로 주사를 놓던 청년은 결국 더 이상 참지 못하고 울음을 터뜨리고 말았다. 경철이와 가족들은 물론 방역 담당자들도 모두 괴로운 눈물을 삼켰다.

그러나 그보다 더 끔찍한 일은 그다음에 일어났다. 소들이 죽으면 인근에 파놓은 구덩이에 갖다 묻어야 했다. 그런데 오래 기다릴 시간이 없었던 방역 담당자들이 아직 숨이 붙어 있는 녀석들까지 마구 끌어다가 구덩이에 던지기 시작했던 것이다. 소들의 울음소리가 가슴을 파고드는 듯했다.

그것을 보고 고통스러워하던 경철이의 머릿속에 몇 가지 궁금증이 어지럽게 떠올랐다.

'소, 돼지한테도 영혼이 있을 텐데 저렇게 처참하게 죽여야만 할까? 미리 예방할 방법은 없나? 아무리 동물이라고 이렇게 비윤리적으로 대해도 되는 건가?'

구제역은 소와 돼지 등 가축에 대한 전염성이 높은 급성 바이러스성 전염병의 하나다. 이것은 소·돼지 등의 입과 발굽 주변에 물집이 생기는 증상으로 나타나는데, 치사율이 5~55%에 이르는 가축의 제1종 바이러스성 법정 전염병이다. 이 병에 걸린 소는 열이 나고 사료를 잘 먹지 않으며 거품 섞인 침을 흘리는 증상을 보인다. 구제역에 걸린 소나 돼지는 소각하거나 매몰하는데, 수가 많을수록 매몰이 어려울 수밖에 없다.

지난 몇 개월 동안 구제역으로 몰살된 전국의 소와 돼지는 약 350만 마리나 되었다. 그것들을 살처분하던 중 안락사를 시키는 약품이 부족해지자 나중에는 산 채로 구덩이에 던져 넣기도 했다고 한다.

더욱이 앞의 이야기에서 보았듯이 주변에 구제역에 오염된 사례가 있다는 이유만으로 별다른 증상이 없는 농장의 소도 모두 쓸어 담듯이 처분했다는 것도 문제다. 그로 인한 피해는 고스란히 농가의 몫이다. 보상을 해준다고는 하나 그 기준이 현실적이지 않기 때문이다. 결국 하루아침에 전 재산과도 같은 소와 돼지를 잃은 주인들은 삶의 의욕을 잃고 세상을 버리는 경우마저 있다.

전국적인 살처분 사태를 보고 한쪽에서는 심지어 미국산 육류를 수입하게 하려는 것이 아니냐는 음모론까지 나돌았다. 그것이 사실이든 아니든 정의로운 세상을 만들자고 외치는 인간들이 정작 가축에게는 어쩌면 이토록 잔혹할 수 있을까.

이제는 구제역 방역 시기의 문제를 떠나 근본적으로 우리나라 축산 농업의 현실을 되짚어보아야 할 것이다. 예전에는 소를 넓은 들판에 풀어놓고 마음대로 다니며 풀을 뜯어먹게 했다. 즉, 방목으로 키웠다. 그런데 어느 순간부터 우리 농가들은 소와 돼지를 공장처럼 비좁고 더러운 축사로 밀어넣었다. 그런 다음에는 먹이를 먹고 얼른 살이 찐 다음 고깃덩이로 재탄생하기 위해 도축장으로 갈 때만 축사 밖으로 나올 수 있다.

비좁고 불결한 환경에서 사육된 가축들은 면역력이 떨어져 항생제가 듬뿍 들어간 사료를 먹지만 일단 병에 걸리면 전염력이 매우 빠르다. 그러다보니 한곳에서 생긴 구제역도 순식간에 퍼지게 된다. 또한 문제가 생기기 전에 미리 예방하기보다는 문제가 터지고 나서야 급하게 수습하는 주먹구구식의 해결 방식도 문제다.

이제 우리는 아무 죄도 없이 인간을 위해 살다 희생되는 가축의 삶의 질도 생각해보아야 한다. 즉, 동물복지를 생각해야 할 때인 것이다. 인간을 평생 집 안에 가둔 채 살게 한다면 어떨까. 가축들도 질 좋은 고기를 인간에게 선사하기 위해서는 길지 않은 삶이나마 평화롭고 행복해야 하지 않을까. 편안하고 도덕적인 죽음을 맞을 권리가 인간에게만 허용되는 것일까.

그런데 복지 축산을 반대하는 쪽에서는 비용이 많이 들고 수요에 비해 공급이 부족해져서 고기값이 오른다는 이유를 댄다. 공장식 축산은 동물의 삶의 질과는 거리가 멀지만 그래야만 수요를 충족시킬 만큼 고기 공급이 가능해진다는 것이다.

이번에 전국을 휩쓴 구제역은 인간이 자신들의 행복만 추구한 나머지 탐욕이 지나쳐서 불러온 참극은 아닐까. 세상은 인간만을 위한 곳이 아니다. 동물과 인간과 자연이 서로 조화를 이룰 때 모두 평화롭고 행복할 수 있는 진정 정의로운 세상이 될 수 있을 것이다.

집단적인 동물 전염병을 예방하고 동물이 인간과 공존할 수 있는 대안은 무엇인지 고민해보자.

CHAPTER

03

올바른 삶을 위한 고민

종교적 신념 혹은 양심에 의한 병역거부

대학교 2학년 영빈이는 어느 날 날아온 입영 통지서를 받고 깊은 생각에 잠겼다. 그리고 며칠 후 부모에게 자신의 결심을 밝혔다.

"저는 군대를 거부하기로 했습니다. 총칼로 상대방을 겨누고 살인을 저지르는 행위를 제 양심이 허락하지 않는다는 것을 깨달았습니다."

아들의 뜬금없는 소리에 부모는 깜짝 놀랐다.

"그게 무슨 소리냐? 언제부터 군대에 대해서 그런 생각을 하고 있었던 거야?"

"너 군대 가기 싫어서 그러는 거 아냐? 하기는 자식 군대 보내놓고 우리 마음도 편치 않겠지만, 그래도 남들 다 가는데 너도 갔다 와야 사람대접 받는다."

아버지도 어머니도 아들의 말이 매우 뜻밖이라 이렇게 말할 수밖에 없었다. 그러나 영빈이는 자신의 결심을 굽힐 생각이 없었다.

"저는 평화주의자예요! 세상에서 없어져야 할 폭력과 살인 등을 가르치는 군대에는 절대 갈 수 없어요. 저도 이제 성인이니 제 앞길은 제가 알아서 헤쳐나가겠습니다."

어려서부터 공부도 잘하고 사려 깊은 데다 어렵잖게 일류 대학에 들어간 믿음직한 아들을 부모는 항상 자랑스럽게 여겼다. 그런데 느닷없는 일로 걱정을 끼치게 된 것이다.

그날 저녁 학교에서 돌아온 동생 성빈이는 형의 선택에 놀라워하면서도 지지를 아끼지 않았다.

"형, 정말 멋져! 원래부터 세계 문제에 관심이 많고, 9·11 사태나 이라크전쟁 등 수많은 폭력 사건들에 대해 신념을 내세울 때부터 알아봤다니까! 그런 형이 군대를 거부하지 않으면 누가 거부하겠어? 형, 신념을 굽히지 말고 밀고 나가. 어떤 난관이 있어도 꼭!"

고등학생인 둘째마저 그렇게 찬성하고 나서자 부모는 더 조바심이 났다.

"나도 뉴스 봐서 아는데, 여호와의 증인이나 다른 종교를 가진 사람들이 종교적 신념에 따라 거부하는 건 봤어도 너처럼 양심에 찔려서 안 가겠다고 하는 경우는 못 봤다. 좋아, 네가 아무리 양심에 반하는 짓은 못하겠어서 집총을 거부해도 다른 사람들은 오해를 하기 쉬워. 군대 가기 싫으니까 쇼하는 거 아니냐고 말이야. 그걸로 끝이 아니야. 군대를 거부하면 그 대신 감옥에 가게 된단 말이다. 다른 말로 하면 전과자가 되는 거지. 그것도 각오했냐?"

남편의 말에 영빈이 어머니는 펄쩍 뛰며 물었다.

"뭐라고요? 전과자가 된다고요? 어머나, 세상에! 얘, 그냥 군대 가라. 요즘엔 군대가 많이 좋아져서 별로 때리지도 않는다잖니? 그리고 전쟁이 난 것도 아니니 그냥 훈련을 받으면 되지 정말 누굴 쏴 죽이는 건 아니잖아? 응!"

"그렇기는 하지만 저는 제 양심에 따르기로 했어요. 저를 믿고 지켜봐주세요."

"솔직히 말해서 양심적 병역거부라는 말이 정상적으로 군대 의무를 수행하는 사람들한테는 아주 기분 나쁠 수도 있어. 누구는 양심이 없어서 군대에 간 줄 아냐고 따지면 어쩔 거냔 말이지. 네 뜻은 잘 알겠지만, 사회적 공감대라는 걸 절대 무시할 수는 없어. 병역거부를 허용하는 나라도 있다지만 이 나라에 사는 동안은 여기 법에 따라야 하지 않겠냐?"

영빈이의 부모는 아들이 혹시라도 젊은 혈기로 그릇된 판단을 하는 것은 아닐까 노심초사했다. 물론 아들의 바르고 굳은 심성을 모르는 바는 아니지만, 이 세상이 양심과 신념만 따라 살기엔 그리 녹록지 않음을 잘 알았기 때문이다.

머지않아 군대 문제에 직면하게 될 동생 성빈이 역시 고민스러웠다. 일단 형의 선택에 지지를 보내면서도 부모님의 우려를 들으니 과연 무엇이 옳은 선택인지 혼란을 느끼지 않을 수 없었다. 그것은 형의 문제가 곧 자신의 문제가 될 것이기 때문이었다.

양심적 병역거부라는 표현은 정상적으로 병역 의무를 행하는 사람들이 거부감을 느낄 만한 소지가 충분하다. 그래서 양심적 병역거부자들이 입영을 거부할 뿐 아니라 그 거부의 목적이 집총執銃 거부에 있으므로 구체적으로 '집총 거부자'라는 표현을 사용하기도 한다.

종교적 신념 또는 양심에 따른 병역거부는 병역 의무가 부과된 시민이 폭력에 반대하는 평화주의 신념에 따라 병역 또는 집총을 거부하는 것을 말한다. 그러나 우리나라에서는 양심적 병역거부권을 인정하지 않는다. 이는 양심의 자유를 보장하는 헌법 제19조, 인간의 존엄과 가치를 보장하는 헌법 제10조, 평등권을 보장하는 헌법 제11조에서 인정하는 기본권의 침해에 해당한다고 볼 수 있다.

그러므로 병역거부자들은 미국, 유럽, 대만 등의 경우처럼 우리나라에서도 법적으로 대체복무제를 허용하라고 요구하고 있다. 결코 병역을 기피하려는 의도가 아니라 양심 때문에 군사훈련을 할 수 없는 것이므로 대체복무 기회가 주어진다면 누구보다 열심히 할 수 있다고 강조한다.

세계적으로 병역 제도가 있는 170여 개국 가운데 83개국이 우리나라처럼 징병제를 유지하며, 그 가운데 31개국에서는 양심적 병역거부권을 법적·제도적으로 인정하고 있다. 또 그리스, 노르웨이, 대만, 덴마크, 독일 등 20개국이 대체복무제를 시행하고 있다.

현재 우리나라에서는 군대를 거부하면 무조건 감옥에 가야 한다. 광복 이후 병역거부로 실형을 선고받은 사람은 약 1만 6천 명에 이르며, 현재 수감 중인 젊은이도 950여 명이다. 원래 3년이던 형량이 1년 6개월로 줄어들기는 했지만, 누구를 해코지한 적 없이 다만 양심에 따라 신념을 밝혔다는 이유로 해마다 수백 명의 젊은이가 감옥에 가고 있다. 그것은 소중한 인재의 귀한 시간을 허비하는 것이며 국가적으로도 큰 손해다.

그런데 이러한 양심적 병역거부자, 즉 집총 거부자들의 입장에 반대하는 이들도 적지 않다. 이들은 국가의 이익이 국민 개개인의 자유보다 우선해야 한다고 강조한다. 개인의 종교와 양심의 자유보다 국방의 의무가 중요한 이유는 국가가 존재하지 않으면 개인의 자유로운 삶이 보장될 수 없기 때문이다. 폭력과 살인, 전쟁을 거부한다 해도 혼자만 평화를 유지할 수는 없다. 세계 곳곳에서 이어지고 있는 전쟁과 테러에 대응하기 위해서는 빈손이 아니라 총과 칼, 폭력이 필요하다. 그러므로 병역을 거부한다고 해서 비폭력 평화주의가 실현되는 것은 아니라는 주장이다.

대한민국 청년 중 군대에 가고 싶어서 가는 사람이 얼마나 될까. 그들은 이 땅의 후손이므로 이 땅을 외세로부터 지키기 위해, 아이러니하지만 평화를 지키기 위해 총칼을 손에 들게 된다. 만약 전쟁이 일어나 당장 총칼을 잡지 않으면 내 가족을 지킬 수 없는 상황이라면 어떻게 해야 할까. 그런 상황에서도 양심과 신념에 따라 의연하게 맨손으로 저항하는 것이 가능할까. 나라의 안위가 불안할 때는 개인의 양심도 그 무엇도 지킬 수 없지 않을까. 집총 거부자들도 무조건 자신의 신념만 내세울 게 아니라 반대 의견에도 귀를 기울여 좀 더 신중한 자세를 갖추어야 할 것이다.

누구나 자신의 양심과 신념에 따라 행동할 권리가 있다. 그러나 개인의 권리를 찾다보면 국가의 이익이 침해받기도 한다. 두 입장 사이에서 가장 조화로운 미덕은 무엇일까. 우리 가족이 이런 딜레마에 빠지게 된다면 어떻게 해야 할지 고민해보자.

경쟁에서 이기는 것만이 최선인가

P는 중학교 때부터 전교 1등을 거의 놓치지 않았다. 밥 먹을 때도 책을 놓지 않고 방에 틀어박혀 온갖 책을 섭렵하는 자식이 걱정스러워 부모도 좀 쉬라고 만류할 정도였다.

"이렇게 하지 않으면 1등을 지킬 수 없다는 거 잘 아시잖아요? 그리고 제가 좋아서 하는 건데요, 뭐."

그렇게 열심히 공부하던 P는 고등학교에 들어가면서 더욱더 공부에 빠져들었고 승부욕도 한층 대단해졌다. 그래서 시험 때마다 1등은 늘 그의 차지였다. 어느새 그는 '전교 1등'이라는 별명으로 불리게 되었다.

"음, 그럼 그렇지. 이젠 나를 이길 사람이 없어."

그는 시험 성적이 발표될 때마다 당연한 듯 만족스러운 결과를 얻었고, 그의 목표는 우리나라 최고의 대학에 수석으로 입학하는 것이었다. 그때까지만 해도 2년만 더 열심히 하면 얼마든지 가능하다고 P 자신은 물론 주위 사람들도 믿고 있었다.

"쟤는 밤에 잠도 안 자고 공부만 하나봐. 우리 집에서 쟤 방 창문이 보이는데, 새벽 두세 시쯤 자다 깨서 내다봐도 불이 켜져 있을 때가 많아."

"전교 1등 하기가 어디 쉽겠냐? 우린 돈을 준대도 새벽 세 시까지 책상 앞에 앉아 있지 못하잖아? 컴퓨터 게임이라면 모를까. 하하……."

그렇게 전교 1등의 경쟁 상대는 오직 그 자신뿐인 듯했다.

고등학교 3학년이 된 뒤 전국 모의고사가 몇 차례 치러졌다. P는 최선을 다해 시험에 임했고 전교 1등은 당연히 그의 것이었지만 전국 순위는 달랐다. 자기 학교에서 1등을 한다고 해도 전국에 있는 수백 개의 고등학교가 동시에 치르는 시험에서 전체 1등을 하기란 결코 쉬운 일이 아니다. 물론 전국 순위에도 1등은 있게 마련이며 열심히 노력하면 전국 1등이 되지 못하라는 법도 없다. 하지만 P는 큰 충격을 받았다.

'그렇게 열심히 했는데 왜 1등이 안 되는 거지?'

전국 순위도 늘 10등 안에 들었으니 그만하면 만족할 법도 한데 그는 그러지 못했다. 대학입시까지 얼마 남지 않았다는 생각을 하니 눈앞이 노래지면서 가슴이 답답해지는 것 같았다. 그러나 아무도 그의 걱정을 눈치채지 못했다.

"이대로만 유지하면 원하는 대학은 문제없이 갈 테니 열심히 해."

"P는 문제없지, 뭐. 전국 수석도 할 거야!"

선생님도 친구들도 모두 그렇게 말했지만, 그는 왠지 점점 더 초조해지는 자신을 느꼈다. 물론 그 성적으로도 원하는 대학에 걱정 없이 합격하겠지만, 자신이 목표하는 전액 장학금과 수석 합격을 거머쥐고 싶다는 욕망이 컸던 것이다.

그는 코앞으로 다가온 수시전형에서 목표하는 대학에 수석 합격자가 되기 위해 피나는 노력을 기울였다. 그리고 마침내 무사히 수시전형을 치른 뒤 그는 부쩍 말이 없어졌다. 평소에도 대부분 자기 방에서 혼자 책을 보고 공부를 했기 때문에 부모나 가족들에게는 별로 특별한 일로 보이지도 않았다. 시험이 끝나니 허탈해서 그러는 것이니 가만두면 다시 돌아오리라 생각했던 것이다.

그러나 수시 합격자 발표 하루 전날 P는 자기가 사는 아파트 15층 옥상에서 뛰어내렸다. 그가 추락하기 전 남긴 유서에는 이렇게 쓰여 있었다.

나는 이번에 수석합격을 하지 못할 것이다.

당연히 수석이라 믿고 있을 학교 친구들의 비웃음 소리가 들려오는 듯하다.

최선을 다했지만 나는 끝내 이기지 못했다.

불행하다.

일등이 아닌 경우는 생각해본 적이 없다…….

P는 언제나 1등이 되어야만 한다는 강한 집착으로 인한 강박관념과 스트레스를 이기지 못해 함몰돼버렸다. 어릴 때부터 남보다 뛰어나지 않으면 세상에서 성공할 수 없다는 무한 경쟁에 내몰린 나머지 제멋대로 내달리는 분홍신을 신은 아이처럼 죽어라 달리다 구덩이에 빠져버린 것이다. 자신이 정한 목표를 이루지 못하고 좌절감에 빠져 다시 일어나 달릴 의욕마저 잃고 만 것이다.

얼마 전 우리나라 최초의 이공계 연구중심 대학이라는 카이스트의 학부생들이 잇달아 자살하는 일이 벌어졌다. 그들은 이미 우수한 인재들일 뿐만 아니라 공부와 연구에 몰두하는 것을 인생의 즐거움으로 여기는 과학자들이다. 그런 학생들에게 학교는 더 좋은 성과를 내도록 독려한다는 취지로 경쟁을 부추기고 채찍을 아끼지 않았다. 그중에 징벌적 등록금제와 완전 영어수업제가 있다.

징벌적 등록금제는 정해진 학점에서 일정 점수만큼 떨어질 때마다 벌금 형식으로 등록금을 내게 하는 것이다. 이것은 공부에 대한 열의가 지식 탐구와 연마를 위한 것이 아니라 벌을 피하기 위한 것이

되므로 문제가 아닐 수 없다. 아무리 천재들이라도 한 줄 세우기를 하면 꼴등이 나올 수밖에 없다. 획일적인 줄 세우기는 과학적 창의성을 억압하고 학생들 간 경쟁을 부추기며 지나치게 부담을 줄 뿐이다.

세계로 나가기 위해서는 무한 경쟁에서 이겨야 한다지만 당사자인 학생들이 체감하는 부담감은 상상 이상이었던 것이다. 경쟁에서 이기면 행복한가. 더 이상 올라갈 곳 없는 최고의 승자는 만족할까. 무한 경쟁 사회에서는 한 번 최고가 결코 영원한 최고는 아니다. 그렇다면 경쟁에서 이겨야 살아남는다는 생각은 과연 정의로운 발상일까. 시장경제 논리를 모든 상황에 대한 해법으로 삼아 교육마저도 경쟁주의에 발맞춰 부화뇌동하는 것은 과연 정의로운 판단일까. 반면 그렇다고 해서 모든 경쟁이 사라진다면 우리가 원하는 평화와 자유만 넘치는 낙원이 될까.

적어도 학교라는 곳에서는 경쟁이 아니라 구성원 상호 간의 조화와 협력을 통해 그들이 추구하는 지식 단계를 완성하고 함께 해답을 찾아가는 과정이 더 필요하지 않을까. 카이스트뿐 아니라 이미 중·고등학교에서도 경쟁 논리에 휘말려 허덕이던 아까운 청춘들이 스스로 삶을 포기하는 일이 반복되는 것이 과연 옳은가.

배려와 동정의 차이

부잣집 외동딸 수연이는 어려서부터 남부럽지 않게 자신이 원하는 것은 다 해보고 살았다. 그런데 수연이가 중학교 때부터 사귀어온 친구 은주는 가정 형편이 그리 좋지 않았다. 처음에는 은주네도 평범한 가정이었지만 갑작스러운 교통사고로 부모님이 돌아가신 뒤 할머니와 함께 살면서 형편이 점점 어려워졌다. 교통사고 보상금으로 나온 돈은 친척들이 이리저리 찢어 나누고 은주와 할머니에게는 큰아버지가 매달 200만 원 정도의 생활비를 주는데, 그것도 한두 달씩 빼먹을 때가 많았던 것이다.

은주는 그것이 너무 속상하고 억울했지만 하소연할 데도 마땅치 않아 혼자 삭이며 공부에만 더욱 매달렸다.

"두고봐, 내가 꼭 성공해서 보란 듯이 살 테니까. 친척들 다 필요 없어!"

그렇게 다짐을 하곤 했지만, 수연이와 함께 다닐 때면 점점 위축되는 것을 느꼈다. 수연이가 쓰는 물건은 언제나 가장 좋은 상표였고, 용돈도 풍족해서 군것질을 할 때면 먼저 계산하곤 했다. 또 똑같은 게 여러 개 있다면서 학용품이나 예쁜 티셔츠, 액세서리 같은 것을 가끔 나누어주기도 했다. 전처럼 마음대로 갖고 싶은 물건을 사지 못하는 은주는 수연이가 물건을 주면 고마울 때도 있었지만, 한편으로는 찜찜한 기분을 떨쳐내기 어려웠다.

'애가 나한테 돈이 없는 걸 알고 이러는 걸까?'

그러면서도 은주는 늘 쾌활하고 씩씩하게 행동하며 자신의 어려운 사정을 시시콜콜 털어놓지 않았다. 수연이는 은주의 사정을 이미 알고 있었다.

어느 날 하굣길에 수연이가 은주에게 인기 있는 아이돌 그룹 이야기를 꺼냈다.

"다음 주 화요일 팬 미팅에 함께 가자. 여러 가지 이벤트도 준비돼 있고 선착순으로 K의 사인이 들어간 시디도 준대!"

은주도 가고 싶은 마음은 굴뚝같았지만 참가비 15만 원이 없어 선뜻 대답이 나오지 않았다. 그래서 얼떨결에 거짓말을 하고 말았다.

"그래, 나도 알아. 근데 나 그날 좀 바쁠 것 같아. 할머니 생신이라…….."

그런데 수연이는 포기하지 않았다.

"정말? 에이, 그러지 말고 같이 가자. 내가 참가비도 내줄게. 응?"

그 순간 은주는 얼굴이 빨갛게 달아오르는 것을 느끼며 화가 나서 되받았다.

"뭐? 내가 거지니? 왜 그걸 네가 내주는데? 나도 돈 있어. 돈이 없어서 못 가는 게 아니라는데 왜 그래?"

뜻밖의 반응에 놀란 수연이는 멍한 얼굴로 은주를 바라보다가 입을 열었다.

"왜 그렇게 화를 내? 누가 너더러 거지래? 나는 정말 가고 싶은데 혼자는 못 가겠으니까 너랑 같이 가려고 돈도 내줄 수 있다고 한 거야. 싫으면 말 것이지 왜 그렇게 화를 내니? 정말 웃긴다!"

하지만 은주는 이미 마음에 상처를 입은 뒤였다. 불쑥 튀어나오기는 했지만 그동안 수연이에게 뭔가를 자꾸 받으면서 감정이 쌓여 있었다. 필요 없다고 거절하면 되는데 왠지 용기가 나지 않았던 것이다.

수연이에게 조금 부족했던 것은 무엇일까. 친구에 대한 배려심이 아닐까. 아이돌 그룹의 팬 미팅 행사에 가려면 15만 원이라는 거금이 필요하다. 그것은 어른들에게도 적지 않은 액수다. 수연이는 그래도 가겠다고 마음먹을 수 있지만 은주는 그럴 처지가 못 된다. 그래서 할머니 핑계를 대며 가지 않으려고 한 것인데, 은주의 속사정을 아는 수연이는 돈이 없어서 그런다는 생각에 돕는 마음으로 말을 꺼낸 것이다. 그 때문에 은주는 결국 자존심을 다치고 말았다.

상황 둘.

어느 날 동창회에 다녀오던 중년의 경순 씨는 전철 안에 서 있는 청년에게 눈길이 갔다. 사지가 제 마음대로 움직이는 것으로 보아 뇌성마비 장애인 같았다. 그녀는 앉았던 자리에서 얼른 일어나 그에게 자리를 양보했다.

"이봐요, 여기 앉아요. 몸이 많이 불편해 보이네요."

그러자 그는 일그러진 얼굴로 괜찮다고 말했다. 그렇게 말하는 중에도 그의 사지와 목, 얼굴 근육은 제멋대로 순간순간 뒤틀리고 있었다.

"아유, 그러지 말고 그냥 앉아요. 괜찮아요."

그녀는 그의 옷자락을 잡아끌었다. 그 순간 뒤틀린 양 발끝으로 간신히 균형을 잡고 있던 그의 몸이 넘어질 듯 휘청거렸다. 당황한 그가 뭐라고 말하는 듯했지만 제대로 알아들을 수 없었다.

경순 씨는 아들 또래의 장애인 청년이 안쓰러워 자리까지 내주며 도와주려 했다. 그런데 정작 도움을 받게 된 장애인 청년은 오히려 그런 친절이 부담스러웠다. 자리에 앉더라도 비장애인처럼 얌전하게 편히 있을 수 없기 때문이다. 그의 몸은 쉬지 않고 이리저리 사방으로 뒤틀리고 실룩거리기 일쑤였던 것이다.

여기에서 그런 중증 장애인이 왜 혼자 사람 많고 복잡한 전철을 이용하느냐고 묻는 사람도 있을 것이다. 하지만 그것은 매우 잘못된 질문이다. 누구나 자유롭게 공공시설을 이용할 자유와 권리가 있기 때문이다. 장애인이라고 해서 그런 곳에는 가지 말아야 한다는 법은 어디에도 없다.

한편 경순 씨의 양보는 자기보다 부족한 사람을 도와야 한다는 도덕적 신념에서 나온 것이다. 그러니 그녀의 동기 자체를 탓할 수는 없을 것이다. 다만 타인에 대한 배려가 어느 정도까지 옳은가에 대해 생각해볼 필요는 있다. 자신보다 못한 사람을 도와야 한다고 배웠다고 해서 무조건 그렇게 하는 것이 과연 옳은 일일까. 나는 저 사람을 꼭 도와주고 싶지만 상대방이 거부할 경우 그 순간 멈추어야 하는 게 아닐까.

다른 사람의 눈에는 도움이 필요한 것처럼 보여도 그 청년 자신이 남의 도움을 필요로 하지 않는다면 어떻게 해야 할까. 그런데도 단지 나의 도덕적 신념을 확신하며 도움을 받으라고 강요한다면 상대방은 고마움을 느끼기보다는 동정을 받는다고 생각할 수도 있을 것이다.

두 여고생의 경우와 장애인을 도우려던 경순 씨의 경우에서 모두 생각해볼 것은 타인에 대한 도움, 나보다 약하고 부족한 사람에 대한 배려를 표현할 때는 좀 더 신중해야 한다는 것이다. 아무리 좋은 뜻으로 행동하더라도 상대가 그것을 자신의 관점과 사정에 따라 받아들일 것이기 때문이다. 선행이나 배려는 훌륭한 도덕적 행위다. 그러나 그것을 제대로 표현하고 전달하려면 받는 이의 마음까지 한 번 더 되짚어보는 배려가 필요하지 않을까.

인터넷 신상 털기

고등학교 2학년 H는 전철을 타고 코엑스에서 열린 자전거 박람회에 다녀오는 길이었다. 얼마 전부터 H는 아버지와 함께 타기 시작한 자전거에 재미를 느끼고 있었다. 자전거를 타면서 H의 병의 예후도 조금씩 좋아지는 듯했다. 하지만 H는 자신을 잘 아는 가족이나 가까운 몇몇 친구들과만 제한적으로 어울릴 뿐 공개된 장소에는 가능한 한 가지 않았다. 그런데 마침 박람회 기간과 아버지의 해외 출장이 겹치는 바람에 같이 갈 사람이 아무도 없었다. 다른 것이라면 몰라도 자전거 박람회만은 포기할 수 없어 H는 혼자 용기를 냈던 것이다.

박람회 구경을 마치고 전철을 탔는데, 마침 토요일 오후라 많은 사람들로 붐비고 있었다. H는 긴장하지 않도록 조심하며 한구석에 조용히 붙어 있었다. 시간이 갈수록 사람들은 더 많아졌고, H는 조금씩 숨이 막히며 진땀이 흐르기 시작했다.

'아, 역시 괜히 혼자 나왔나? 이러다 사고 치는 거 아닌가 모르겠네. 긴장 풀고… 긴장 풀고…….'

H는 긴장한 채 속으로 심호흡을 하고 있었다. 그런데 갑자기 전철이 급정차를 하며 크게 흔들리는 듯하더니 사람들이 한쪽으로 쏠렸다. 그 바람에 자신의 몸이 사람들과 함께 밀쳐지자 자신도 모르게 갑자기 괴성이 터져나왔다. 곧이어 봇물 터지듯 심한 욕설을 지껄이

며 H는 반복적으로 이상한 행동을 하기 시작했다.

H는 틱장애 환자였다. 어릴 때 코를 킁킁거리거나 눈을 자주 깜박이는 버릇이 생겼는데, 쉽게 낫지 않고 고치려 하면 더 심해지곤 했다. 그러다 중학교 이후부터는 음성 틱까지 나타나 느닷없이 한 번씩 이상한 소리를 내더니 갑자기 심한 욕설을 하는 증상을 보였다. 그것은 자신의 의지와는 전혀 상관없이 튀어나오기 때문에 본인은 물론 주위 사람들도 무척 당황해서 대인 관계에 어려움이 따랐다.

그런 H의 사정을 알 리 없는 사람들은 갑작스러운 욕설에 몹시 불쾌한 표정을 지으며 언성을 높였다.

"이봐, 학생! 너 지금 뭐라고 했어?"

"아버지 같은 사람이 좀 밀쳤다고 어디서 그런 되먹지 못한 소리를 지껄이나?"

"요즘 애들이 다 저렇다니까! 쯧쯧······."

혼잡한 전철 안에서 스트레스를 받고 있던 사람들은 비난을 쏟아냈고, 그럴수록 H는 더 심한 증상을 반복했다. 참으려 해도 계속 소리가 터져나오면서 고개가 발작적으로 꺾였다. 그런 H의 모습은 반성은커녕 어른들에게 대드는 청소년처럼 보였다. H는 그런 상황이 괴롭고 참담했다.

'아, 괴로워. 빨리 이 순간을 벗어나야 하는데······.'

때마침 전철 문이 열리자 H는 서둘러 밖으로 뛰어내렸다. 그 뒤에는 어떻게 집에 왔는지도 모를 만큼 정신이 없었다.

다음 날 아침, 뉴스를 보던 H의 가족은 깜짝 놀랐다. 전날 전철 안에서 소동을 벌이던 H의 모습이 동영상으로 나오고 있었기 때문이다. 누군가가 휴대전화로 동영상을 제보했고, H는 '지하철 욕설남'이라는 이름의 동영상 주인공이 되어 있었다. 그런데 일은 거기서 끝나지 않았다. 얼마 지나지 않아 인터넷에는 '지하철 욕설남'에 대한 신상 정보로 도배되기 시작했다. 속사정을 모르는 사람들은 일면만 보고 H에게 '어른에게 욕설을 퍼붓는 천하의 패륜 욕설남'이라는 딱지를 붙였다. 그러고는 인터넷을 이 잡듯 뒤져 H와 관련된 모든 것을 탈탈 털어댄 것이다. '신상 털기'를 통해 뚜렛장애가 있다는 사실이 밝혀졌지만, 대세는 크게 바뀌지 않았다.

갑자기 욕설을 퍼붓고 끊어버리는 전화가 집으로 빗발쳤다. 그렇게 H와 가족의 일상은 빠르게 파괴되어갔다. 가족 모두 집 밖으로 한 발짝도 나갈 수 없었다. 학교도 직장도 시장도 은행도……. 그와 함께 H의 증상도 더 심해져서 하루 종일 강박증에 시달리며 발작적으로 몸을 뒤틀고 몇 초 간격으로 욕설을 쏟아냈다. 그러다 잠시 진정되는 듯하다 갑자기 괴로운 듯 머리를 벽에 찧는 행동이 반복되었다. 자신의 의지와는 상관없이 일어나는 증상으로 H는 더욱 지쳐갔다.

"도대체 내가 뭘 어쨌다고 그러는 거야?"

H는 어느 날 갑자기 자신을 만인의 적으로 만들어버린 사람들이

야속할 따름이었다.

언제부터인가 유명 연예인이 아니라 평범한 사람들의 학교나 주소 등의 신상 정보가 하룻밤 사이에 만천하에 공개되는 일이 심심찮게 벌어지기 시작했다. 사회적인 사건 사고의 주인공으로 찍히는 순간, 누구라도 신상 털기의 그물망을 피할 수 없을 정도가 되었다.

신상 털기는 인터넷으로 특정 개인의 신상 정보를 수집하고 취합한 다음 다시 인터넷에 뿌리는 행위라고 말할 수 있다. 근원을 따져보면 그것은 '풋프린팅footprinting'이라는 해킹의 사전 작업으로 전문 해커들에게 해당하는 일이었다. 그러나 정보·통신 기술이 나날이 발전하고 인터넷 검색엔진의 기능도 함께 진화하면서 특별한 해킹 기술이 없는 일반인도 마음만 먹으면 얼마든지 신상 털기가 가능해졌다. 최근에는 신상 털기가 마치 유행처럼 번지고 있다. 그들이 재미삼아 벌인 일이 결국 마녀사냥으로까지 비화됨으로써 점차 사회적 문제로 떠오르고 있다.

우리가 이미 알고 있는 '개똥녀', '지하철 반말녀' 등도 일단 누군가의 렌즈에 포착되면 여지없이 신상 정보가 낱낱이 파헤쳐지곤 했다. 최근에는 서태지의 아내였다는 과거가 드러난 배우 이지아에 대한 신상 털기가 한창 벌어지기도 했다.

신상 털기를 바라보는 관점은 두 가지다.

하나는 위험한 여론몰이로 사회에 부정적인 영향을 미친다는 의견이다. 신상 털기는 사회집단의 마녀사냥 식 폭력이며, 개인을 사회로부터 매장시키는 매우 심각한 인권침해라는 주장이다. 또한 목표가 어긋날 경우 엉뚱한 피해자가 나올 수 있다는 점 등을 들어 반드시 근절되어야 할 것으로 본다.

반면 적극적이고 참여적인 시민 의식의 발로라고 보는 입장도 있다. 원래 미디어의 속성이 드러내 보여주는 것이라고 할 때, 연예인들의 사생활을 캐고 파파라치처럼 따라다니며 사생활을 폭로해 수익을 창출해왔듯이 신상 털기 역시 그와 크게 다르지 않은 속성을 지닌다는 것이다. 즉, 적극적인 시민들이 일일이 인터넷을 뒤져 찾아낸 소중한 정보라는 것이다.

한편, 신상 털기로 미담의 주인공이 된 경우도 있다. 서울역 앞에서 추위에 떠는 노숙자에게 자신의 목도리를 벗어 둘러주고는, 그것만으로는 부족해 빵까지 사다준 '목도리녀'의 경우는 신상이 공개됨으로써 '시민 천사'라는 찬사를 받기도 했다.

세계가 인터넷으로 소통하는 가운데 국적을 불문하고 한 개인의 신상 정보 하나쯤 찾아내는 일은 이제 아무것도 아니다. 사회적으로 물의를 일으킨 사람들의 신상을 밝히는 일에 대해 '누리꾼 수사대'는 적잖은 의미와 사명감마저 보인다. 불의에 침묵하기보다는 전모를 낱낱이 밝혀 공분의 대상으로 삼고 응징까지도 서슴지 않는다.

H의 경우는 장애 때문에 본의 아니게 물의를 일으킨 경우다. 그런

데 겉으로 드러난 현상만 보고 섣불리 '욕설남'으로 규정짓고 매도한 것은 부적절하고 신중하지 못한 태도다. 불의를 보고 침묵하는 것은 정의롭지 못하지만, 그렇다고 불의에 대항하는 방법이 신상 털기와 같은 극단적 방법밖에 없을까. '누군가가 나서야 한다면 내가 나선다'는 동기는 좋지만 방법 면에서 인권을 침해하는 일은 없어야 할 것이다.

그 대상이 바로 내가 된다면 어떨까. 나와 가족의 사생활이 만천하에 모두 공개되고, 모르는 사람들에게 일방적으로 비난까지 당한다면 어떨까. 어떤 목적을 가지고 행동할 때는 동기뿐 아니라 그것을 실현하는 방법과 결과도 정의로워야 하지 않을까.

학력위조, 자신을 속이는 가장 고통스러운 범죄

윤희의 막내 삼촌은 중학교 때 미국으로 유학을 떠난 지 15년 만에 한국으로 돌아와 강남에서 어학원을 운영하고 있다. 5남매의 막내인 삼촌의 뛰어난 영어 실력은 유학원을 넘어 방송까지 타게 되었고, 그 결과 어학원 운영 3년 만에 독자적인 영어 학습 브랜드까지 탄생시키며 사업적으로도 성공을 이어갔다. 윤희의 고등학교 친구들도 삼촌의 영어 학습 브랜드를 모르면 간첩이라고 할 정도가 되었다.

"야, 넌 좋겠다. 삼촌이 영어도 잘 가르쳐주니? 가족 중에 외국 사람이나 영어 잘하는 사람 있으면 진짜 대박이라던데!"

"너네 삼촌 요즘 엄청 잘나가는 거 같더라. 텔레비전에서도 자주 보이시던데? 영어만 잘하는 게 아니라 얼굴도 잘생기고 정말 멋지셔!"

"언제 얼굴 좀 보여줘, 사인 좀 받게. 그리고 어떻게 하면 영어 공부를 잘할 수 있나 좀 가르쳐달라고 해. 친구 좋다는 게 뭐야? 응?"

"말도 마! 나도 우리 삼촌 얼굴 본 지 백만 년도 더 됐는데, 뭘. 이젠 거의 연예인이셔. 밖에 나가면 알아보고 사인해달라는 사람들이 얼마나 많은지… 하루 종일 스케줄이 꽉 차서 이 예쁜 조카 얼굴도 못 보러 온다고."

그러던 어느 날, 유명 연예인 A씨의 학력이 위조되었다는 의혹이 뉴스를 타기 시작했다. 얼마 뒤 '인터넷 수사대'는 놀라운 실력으로 외국 대학에서 학위를 받았다는 그의 기록이 모두 거짓이라는 사실을 밝혀내기에 이르렀다.

"어머나, 웬일이니? 외국에서 공부했다고 해서 왠지 좀 유식해 보인다고 생각했는데, 그게 아니라니 정말 가증스럽다."

A를 시작으로 연예인은 물론 사회적으로 지명도가 있는 사람들도 하나 둘 학력이 허위였다는 사실이 탄로 나기 시작했다. 그 시끄러운 사건의 한편에서는 혼자 노심초사하던 이들이 스스로 학력위조 사

실을 털어놓기도 했다.

"사람들도 참… 연예인이 좋은 대학 나왔다고 하면 뭐가 달라지나? 쯧쯧쯧……."

윤희 어머니도 뉴스를 보며 혀를 차곤 했다.

며칠 후, 인터넷을 검색하며 과제 자료를 찾던 윤희는 포털사이트 검색어 중에서 삼촌의 이름을 발견했다.

'영어 공부법에 대한 기사에 또 나왔나보네.'

그리고 무심코 클릭을 했는데, 놀랍게도 학력위조 유명 인사 중에 그 이름이 선명하게 박혀 있었다.

'응? 이게 무슨 소리야? 학력위조에 왜 삼촌이 끼어 있지?'

윤희는 의아하게 생각하며 기사를 읽어보았다.

> 미국의 명문 P대학에서 언어학 석사학위를 받은 것으로 알려진 유명 영어 강사 Y씨의 학력이 허위라는 설이 제기돼…….
>
> 유명 영어 강사 Y씨, 실제로는 미국 고등학교 졸업이 전부. 유창한 영어 실력을 내세워 유명 대학 출신인 척…….

이어지는 기사들은 어느새 삼촌의 학력위조를 기정사실로 받아들이고 있었다. 자신의 우상이자 친구들에게 늘 자랑거리였던 삼촌에 대한 뜻밖의 뉴스를 접한 윤희는 황당하기 짝이 없었다. 곧이어 친구들의 전화와 문자가 빗발쳤다. 하루 종일 방안에 처박혀 고민하던 윤희는 저녁에 퇴근하신 아버지에게 그 일에 대해 물었다.

"거참… 나도 그냥 대충 알고 있었는데, 그 녀석이 고모댁이 있는 뉴욕에 조기 유학이라고 가서는 적응을 못하고 애들하고 어울려 다니며 공부를 제대로 안 한 모양이야. 나중에 알고보니 고등학교는 겨우 졸업했는데 대학에 갈 실력도 관심도 없었던 모양이야. 그래도 우리나라처럼 2~3년제로 공부할 수 있는 학교에 몇 번이나 들여보냈는데, 결국 어디에서도 졸업은 못한 거지. 어쩐지 나도 걔가 어디 들어갔다 소리는 몇 번 들었는데, 졸업을 했는지는 신경을 안 써서 잘 몰랐어. 그러니 정확히 말하면 고졸이지. 그런데 오래 살다보니 영어 실력은 유창하고 뒤늦게 철이 들어 한국에 돌아와서는 같이 유학하던 친구들을 통해 지금 일을 하게 된 거지. 그렇다고 해서 자기가 그 대학 나왔다고 떠벌린 건 아니야. 일을 도모하다보니 필요에 따라 함께 일하는 사람들이 그렇게 슬그머니 위조했다고 할 수 있겠지."

"그럼 아빠는 어쨌든 진실을 알면서도 그냥 있었던 거네요? 아빠도 나빠요! 아무리 일부러 거짓말을 한 게 아니라도 이게 무슨 망신이야? 내 친구들이 다 비웃을 거 아냐!"

"그건… 우리 사회가 정당하게 실력으로 평가받는 사회가 아니기 때문이야. 아무리 실력이 있어도 그걸 뒷받침해줄 졸업장이 없으면 제대로 대우받지 못하는 우리 사회 말이다! 그래도 자식, 대학을 하나라도 제대로 나왔으면 좋았을걸. 이런 일이 벌어질 줄 몰랐던 거지."

얼마 전 우리 사회에 대단한 학력위조 폭풍이 몰아쳤다. 연예인들의 학력위조는 거기에 비하면 애교라고 할까. 특히 문제가 된 것은 외국의 유명 대학에서 학사·박사학위까지 모두 취득하고 국내 미술관에서 큐레이터로 일한 것은 물론 한 대학의 교수로 임용되는 등 젊은 나이에 세간의 이목을 끌었던 한 여성의 대담한 학력위조 파문이었다.

그녀는 국내 일이 매우 바빠 미국 대학에 적을 둔 채 누군가에게 대리 출석을 부탁하고 논문도 대리로 작성해 그것으로 학위를 받았다고 주장한다. 누군가가 자신을 대신하긴 했지만 분명히 자기 이름으로 학위증을 받았으므로 위조가 아니라는 것이다. 그 일에 대해 대부분의 사람들은 '과정이 잘못되었으며, 그로 인해 얻은 결과 역시 정당하지 않으므로 허위'라고 반론을 제기했지만, 유독 당사자만은 억울함을 호소했다.

오늘날 우리 사회는 학력과 학연을 매우 중시한다. 학연 외에도 지역이나 인간적 연고 관계를 사회생활의 중요한 방편으로 여긴다. 그러다보니 어릴 때부터 사립 초등학교에서 시작해 대학까지 하나의 네트워크로 연결된 집단 속에 편입되기 위해 노력한다. 어느 지역 출신이라고 하면 일단 같은 편으로 받아들이고, 실력이 어떤지 제대로 검증하기보다는 종잇조각에 불과한 그럴듯한 졸업장만 들이

대면 일단 인정되는 풍조가 그런 행위를 더 조장한다. 사실 이러한 학력지상주의는 우리나라에만 국한된 현상이 아니라 외국에서도 마찬가지다.

문제는 학력위조와 같은 일을 벌이는 사람들의 가치관이다. 그들은 어떻게든 그럴듯하게 자신을 포장해 내세움으로써 계급 상승을 꿈꾸거나 경제적 이득을 꾀한다. 연예인들의 학력을 과대 포장하는 것은 기획사의 얄팍한 수법일 수도 있다.

윤희 삼촌의 경우도 자세히 들여다보면 영어는 유창하지만 한 가지 부족한 것, 즉 외국 유명 대학의 학력을 은근슬쩍 포함시켜 대중에게 좀 더 믿음직하고 그럴듯하게 보임으로써 궁극적으로는 경제적 이득을 꾀한 것이다. 당사자 역시 우리 사회에서는 실력만으로 승부하기 어렵다는 사실을 간파했기에 그런 꼼수에 동의했을 것이다.

이러한 개개인의 왜곡된 도덕성이 우리 사회를 더욱 병들게 하는 것은 아닐까. 차라리 그가 자신의 외국어 실력이 외국 대학 졸업장 없이도 가능했다는 점과 그 노하우를 전달하는 식으로 처음부터 솔직하게 대중에게 다가섰다면 성공은 불가능했을까.

아무리 실력이나 재능이 뛰어나도 근본적인 윤리 의식이 갖추어지지 않으면 그 성공도 오래가지 못할 것이다. 무의식 속에서라도 거짓말을 하고 있다는 자괴감에 시달릴 것이며, 아무것도 모르는 대중 앞에서 떳떳치 못한 자신을 끝내 견디기가 어려울 것이다. 세상에 완전범죄는 없듯이 자기 자신을 속이는 일이야말로 가장 큰 양심의 고통을 대가로 한다는 사실을 기억해야 한다.

또한 동생의 학력에 불투명한 부분이 있음을 알면서도 묵과한 윤희 아버지의 태도는 바람직한지에 대해서도 생각해보자. 적극적으로 나서서 동조하지 않았으니 괜찮은 걸까.

학력을 중시하는 풍조를 하루아침에 근절하기는 어려울 것이다. 그런 가운데서도 실력으로 승부하며 타인에게는 물론 자신에게 가장 떳떳한 지성인이 되려면 스스로를 존중하고 분명한 도덕적 기준에 따르는 윤리 의식을 갖춰야 하지 않을까. 개인들이 정의롭고 당당할 때 우리 사회도 머지않아 정의롭고 투명한 사회가 되지 않을까.

해외 원정 불법 장기이식

몇 년 전, 민주 아버지 박병준 씨는 몹시 피로감을 느낄 뿐 아니라 식욕도 떨어지고 잠도 제대로 못 자는 증상이 이어지자 병원을 찾았다. 그 결과 뜻밖에도 만성신부전증이라는 진단을 받았다.

"양쪽 신장이 모두 제 기능을 못하고 있습니다. 당장은 혈액투석을 통해 몸속에 쌓인 노폐물을 빼내는 것부터 해야겠지만 결국에는 이식을 받아야 합니다. 이대로 방치하면 생명까지 위독해집니다."

이 소식을 들은 민주네 가족은 눈앞이 캄캄해지는 기분이었다.

"이제 막 고등학교에 들어간 막내 민주의 공부를 위해서라도 아직 한참 일해야 하는데, 집안의 가장이 자리에 눕게 되어 미안하다."

병준 씨는 이렇게 말하며 울먹였다.

늘 강하게 보이던 그의 나약한 모습에 가족들은 할 말을 잃었다. 가족들은 기운을 내서 아버지이자 남편인 병준 씨의 삶에 대한 의지를 북돋고 희망을 잃지 않도록 함께 노력했다. 장기이식 대기자 명단에 이름을 올린 뒤 병준 씨는 콩팥을 이식받을 날만 기다리며 힘겨운 혈액투석도 열심히 견뎌냈다. 하지만 1년, 2년, 어느새 3년이 넘어가자 환자는 물론 가족도 서서히 지쳐갔다.

어느 날 저녁, 그는 가족들을 불러놓고 입을 뗐다.

"누가 그러더라, 여기서 순서가 돌아오길 기다리다가는 그냥 죽기 십상이라고. 그래서 말인데, 얼마 전까지 나하고 같이 투석을 받던 사람이 중국 가서 새 신장을 이식받고 왔는데 아주 좋다는구나. 나도 그렇게 해보고 싶은데……."

"안 돼요, 아버지! 중국에 가서 이식을 받았다가 더 나빠진 사람들이 한둘인 줄 아세요?"

직장에 다니는 큰 딸을 비롯한 가족들이 모두 만류하고 나섰다.

"그럼 이대로 그냥 있다 죽으라고? 이식 순서를 기다리다 서서히 죽으나 그렇게 해보고 죽으나 결과는 마찬가지 아니냐?"

"……."

조직이 일치하는 사람이 없어 가족 간 이식도 불가능한 상황에서 무조건 순서를 기다리자고 할 수도 없어 가족들은 난처하기 짝이 없었다.

우리나라의 장기이식 시스템 상 대기자 명단에 오른다 해도 언제 이식받을지는 정말 알 수 없는 것이 현실이다. 국내 장기이식 대기자는 2000년 5,343명에서 2005년 1만 2,127명으로 5년 동안 두 배 이상 급증했으며, 2010년에는 1만 8,189명이었다. 2011년 2월 말 현재 장기이식 대기자는 1만 8,598명에 이른다. 평균 대기 기간도 2008년 말 기준으로 보통 3년이 넘는다. 그런 상황에서도 실제로 장기이식이 이루어지는 건수는 2000년 1,306건, 2005년 2,086건이었고, 가장 최근의 공식 통계인 2009년에도 3,188건에 불과했다. 매년 이식 건수가 증가하기는 하지만 대부분의 환자들은 초조와 불안 속에서 막연하고도 긴 기다림의 시간을 보내고 있다.

이런 상황에서 다급한 환자들은 해외로 나가서 장기이식을 하는 쪽으로 눈을 돌리게 되었다. 해외 장기이식 브로커들은 인터넷 등을 통해 암암리에 수요자를 모집하는 등 이미 수년 전부터 매우 적극적으로 활동해왔다.

절박한 상황에 있던 민주 아버지도 누군가를 통해 그 소식을 접할 수 있었다. 가족들은 며칠 동안 아버지의 희망에 대해 신중하게 논의했다. 그리고 마침내 '막연하게 이식될 때를 기다리며 생명을 갉아먹느니 그렇게라도 해보고 싶다'는 아버지의 뜻을 존중하기로 결정했다.

병준 씨는 곧바로 해외 장기이식 수술을 알선하는 인터넷 카페에 가입했고, 브로커를 통해 얼마 후 중국으로 건너갔다. 그는 브로커와 병원 측에 1억 원에 가까운 돈을 지불하고 중국 T시의 한 병원에서 마침내 신장이식 수술을 받았다.

그러나 큰돈을 써가며 위험도 무릅쓰고 남의 나라에 가서 받은 수술의 결과는 기대와 달리 만족스럽지 못했다. 수술 전 조직 검사 등을 제대로 하지 않은 탓에 거부반응과 부작용이 일어났고 없던 병까지 얻고 만 것이다. 수술만 하면 금방이라도 회복될 줄 알았던 그의 건강은 더욱 악화되어 이식한 신장을 다시 제거하는 수술까지 받아야 했다. 하지만 몇 달 만에 결국 숨을 거두고 말았다.

장기이식이란 신체의 어떤 조직 또는 장기의 파손된 기능을 대체할 목적으로 원래 존재하는 장소에서 다른 장소로 조직 또는 장기를 옮기는 것이다. 이는 기존의 치료법으로는 회복하기 어려운 각종 말기 질환자의 장기를 뇌사자 및 생체에서 기증된 건강한 장기로 대체하는 수술을 의미한다. 이식이 가능한 조직들로는 신장, 간, 췌장, 심장, 폐 등의 장기와 각막, 골수, 뼈, 인대, 연골, 심장판막 등이 있다.

돈을 주고 장기를 사고파는 것은 우리나라는 물론 중국에서도 불법이지만, 정상적인 이식 대기 순서를 기다리다가는 제풀에 죽기 십상이라는 절박함으로 환자와 보호자들은 마지막 선택을 하게 되는 것이다. 그런데 이식을 받는 장기의 95% 이상은 공여자가 뇌사자로서 대부분 사형수인데, 사형수에게서 장기를 적출하는 것은 중국에서도 불법일 뿐 아니라 국제적으로도 인권 문제를 야기할 수 있다는 점에서 윤리적으로 바람직하지 않다.

또한 이식되는 장기의 공여자에 대해 전혀 알 수 없다는 점도 문제다. 불법으로 시술되기 때문에 출처를 알 수 없는 장기를 이식한 뒤 합병증이 발생할 경우 한국과 중국 병원 간의 정보 교환이 어렵다. 그래서 국내에서 제대로 치료받지 못하고 사망에 이르는 경우도 종종 발생하게 된다.

그렇다면 이처럼 큰돈을 들여 위험을 무릅쓰면서까지 장기이식 수술을 받으러 나가는 사람들을 무조건 비난할 수 있을까. 하루빨리 이식을 받지 않으면 안 되는 절박한 환자의 입장을 생각한다면 충분히 이해할 수 있지 않을까. 만약 나의 가족이나 가까운 친지가 이런 상황에 처한다면 어떻게 하는 것이 법을 어기지 않고 도덕적으로도 위배되지 않으며 긍정적으로 문제를 해결할 수 있는 방법일까.

모든 사회에는 사회적으로 통용되는 도덕적 규범과 정의에 대한 가치 기준이 존재한다. 그 규범과 가치 기준에 어긋나면 무조건 부도덕하고 정의롭지 못한 것일까.

이런 문제의 근본적 원인이 국내에서 공여되는 장기가 매우 부족하기 때문임은 두말할 필요가 없다. 이 문제를 해결하려면 어떤 노력을 기울여야 할까. 현재 국내 장기 및 골수, 각막이식 대기자들은 대부분 주요 장기인 신장, 간장, 췌장, 심장, 폐 등을 필요로 한다. 장기 기증 대기자수는 해마다 급격히 늘고 있지만 실제로 장기를 이식받는 사람은 10%에도 미치지 못하는 실정이다.

이런 문제의 중심에는 복잡한 장기이식 절차가 있다. 장기 기증자를 발굴하는 것도 중요하지만, 기증과 이식 과정의 제도적 불합리성을 해결해야 한다는 것이다. 시간을 다투는 뇌사자의 장기 기증에서 '가족임을 증명하라'는 등 복잡한 서류 절차로 인해 뇌사자의 가족이 중도에 기증을 포기하는 경우도 흔하다. 공정성을 위한 절차라고는 하지만 그것이 다수의 환자들에 대한 배려로 이어지지 못한다면 과연 정의롭다고 할 수 있을까. 근본적으로 장기 기증자와 이식 대기자들의 요구를 효율적으로 수용하고 실천할 수 있는 방법에 대해 생각해보자.

성범죄자, 흉악범에게도 인권을?

몇 개월 전, 2학년 여고생 K는 친구의 생일에 초대받아 즐거운 하루를 보내고 집으로 돌아가던 중 성폭행을 당했다. 늦은 밤 지름길로 가려고 인적이 드문 골목으로 들어섰다가 그만 범죄자에게 붙들리고 말았던 것이다.

그 후 정신적 · 신체적 충격을 견디지 못해 학업마저 중단하게 된 K 사건은 친구들에게도 적잖은 충격을 안겨주었다. 다행히 범인이 붙잡혀 사건은 곧 해결되었다. 알고보니 40대의 범인은 전에도 성범죄를 세 번이나 저지른 상습범이었다. 그는 K를 상대로 범행을 저지르기 불과 한 달 전 감옥에서 나왔으며, 수중에 돈이 없어 하루 종일 거리를 배회하며 돌아다니던 중 또다시 그런 짓을 되풀이한 것이다.

"몇 번씩이나 성범죄를 저지르고 형을 살았음에도 사회에 복귀한 지 겨우 한 달 만에 같은 범죄를 되풀이했다는 것은 재활 의지가 희박할 뿐 아니라 스스로의 충동을 자제할 의지가 매우 박약한 것으로 생각된다. … 피고에게 징역 12년에 전자발찌 10년을 선고한다."

재판 결과가 알려지자 K의 학교 친구들은 어느 날 학급 회의 시간에 그것을 주제로 뜨거운 논쟁을 벌였다.

"난 그 범인한테 내려진 벌이 너무 약하다고 생각해! K와 우리는 이제 겨우 열일곱 살의 피어나는 새싹인데, 그 못된 짓으로 미래의 꿈과 희망을 무참히 짓밟은 거나 마찬가지니까. 왜 좀 더 가혹한 처벌을 내리지 않는지 궁금해. 너희는 그렇게 생각지 않니?"

중학교 때부터 K의 절친한 친구인 은영이가 화를 못 참겠다는 듯 말했다.

"맞아! 벌써 세 번이나 같은 전과가 있는 사람을 겨우 12년 동안 감옥에 가둔다고 새로운 사람이 되는 건 아니잖아! 그리고 그런 범죄는 재발 확률이 높다고 하던데, 12년 후 감옥에서 나왔을 때 전자발찌를 채운다고 한들 어떻게 믿겠어? 얼마 전에는 전자발찌를 차고도 성범죄를 저지른 사람이 있었잖아? 전자발찌가 심리적 압박을 줄지는 몰라도 행위를 제어하는 데는 아무 효력도 없는 게 아닐까?"

경민이가 은영이에게 동조하며 말하자, 우진이는 그와 반대되는 의견을 내놓았다.

"그런데 '죄는 미워도 사람은 미워하지 말라'는 말처럼 그 사람 자체를 증오의 대상으로 삼으면 안 되는 거 아닐까? 그 사람의 전과가 무엇이든 그에 대한 죗값은 치렀잖아. 그리고 이번에도 12년 동안 죗값을 치를 텐데, 그러고 나서도 10년 동안 전자발찌를 차게 하는 건 이중적으로 처벌하는 게 아닐까? 그 사람한테도 인권이 있잖아? 요즘은 인권을 중요시하기 때문에 그게 인권침해라는 말도 있어. 그러니까 한 20년 감옥에 가두든지 전자발찌만 20년을 차게 하든지 둘 중 하나만 해야 하는 거 아닐까?"

"인권 좋아하네! 남의 인권을 짓밟은 짐승한테 인권을 챙겨주잔 말이야? 그 자가 한 짓은 그냥 돈을 빼앗거나 머리를 한 대 쥐어박은 게 아니야. 한 사람의 인생을 망친 거라고. 사람들은 이렇게 말하겠지, 'K야, 괜찮아. 네 잘못 아니니까 죄책감도 수치심도 갖지 마. 넌 아무 잘못 없어. 얼른 잊어버리고 새로운 삶을 살면 돼!' 하지만 한번 일어난 일은 절대 잊어버릴 수도 없었던 일도 될 수 없어. 내 사촌 K의 무너진 삶은 누가 책임질 건데? 그깟 전자발찌나 고작 십 몇 년의 수형 생활로 보상될 것 같아? 그놈은 K의 영혼을 파괴했어. K는 이미 죽은 거나 마찬가지야. 그러니까 그놈도 사형시켜야 해!"

K의 사촌이기도 한 지혜가 열변을 토하자 다른 친구들은 숙연해질 수밖에 없었다. 사실 친구들끼리 갑론을박해도 기존의 제도를 변화시키지는 못할 것이다. 친구들은 그걸 알면서도 아직 힘없고 약한 청소년을 대상으로 저지른 잔인한 범죄에 분개하며, 사회적으로 어떤 징벌이 가장 효율적이고 다수가 공감할 수 있는 방안인지에 대해 의견을 나누고 싶었던 것이다.

사건이 종료되고 몇 년이 흐르는 동안 K는 겉으로는 평범해 보였으나 마음의 상처는 쉽게 아물지 않았다. K는 끝내 학교로 돌아가지 못했고 대인기피증에 시달렸다. 정신과 치료를 받아보았지만 성폭행 후유증은 지속되었다. 가족들 또한 기쁨과 희망을 잃은 채 그림자 같은 삶을 살 수밖에 없었다. 가끔 뉴스에서 성범죄 처벌 수위에 대한 내용이 나올 때면 참담한 심정을 억눌러야만 했다.

우리나라는 2008년 9월부터 아시아에서는 처음으로 전자발찌제도를 시행했다. 이는 상습 성폭력 범죄자들의 높은 재범률을 감안한 제도다. 성폭력 범죄자 가운데 54%가 다시 범죄를 저지르며, 그중 15%는 또다시 성범죄를 저지른다는 통계가 있다. 성범죄 재범자들 중 1년 내 재범률은 39%, 3년 내 재범률은 67%에 이른다고 한다. 특히 피해자의 대부분이 아동과 여성, 장애인 등 연약한 대상이라는 것이 문제다. 이중처벌과 인권침해 등의 논란 속에서도 이 제도를 운용하는 이유는 사실상 한 인간을 죽이는 잔인무도한 범죄가 바로 성범죄이기 때문이다.

개인의 권리와 인권을 중시하는 나라 미국에서도 전자발찌제도가 44개 주에서 실시되고 있는데, 성범죄자의 재범률을 낮추는 효과가 크다고 한다.

그렇다면 제도가 시행된 이후 발찌를 착용하게 된 범죄자들에게서 실제로 효과가 나타나고 있을까. 안타깝게도 제도가 시행된 지 불과 1년 사이에 발찌를 끊고 달아나는 사건이 5건 이상 발생했다. 전자발찌를 부착한 500여 명 가운데 장치를 훼손하고 도주를 꾀한 이들은 대부분 곧바로 붙잡혔지만, 그중에는 치밀하게 사전 계획을 세운 뒤 발찌를 끊고 달아난 경우도 있었다. 발찌만 채우면 안심할 수 있으리라 생각했던 사람들은 인파 속으로 숨어버린 성범죄자가 다시 잡힐 때까지 불안에 떨어야 했다. 결국 전자발찌는 만능이 아니고 치밀한 감시망이 작동하지 않으면 무용지물이 될 수도 있다는 사실을 분명히 보여준다.

전자발찌를 반대하는 측에서는 인권침해 논란을 제기한다. GPS를 통해 24시간 수집되는 가해자의 위치 정보가 남용될 경우 인권이 침해될 수 있다는 것이다. 또한 이중처벌에 대한 우려는 물론 성범죄 재발 억제 효과가 기대에 미치지 못할 뿐 아니라 제도 유지를 위해 적잖은 비용이 들어 세금이 소모된다는 이유를 들고 있다.

성범죄자는 자신의 성충동을 억제하지 못하는 질병에 걸린 정신질환자일 확률이 높다. 그들이 죗값을 치르고 감옥에서 나오면 얼마 후 또 같은 범죄를 저지를 확률이 높다는 사실이 이 점을 뒷받침한다. 타인의 고통에 대한 공감 능력도 떨어지므로 죄책감도 별로 느끼지 않은 범죄자의 인권을 보호해야 한다는 주장은 타당하고 도덕적인가.

인간의 도리나 윤리 의식을 대입하려면 그것이 사회정의의 실현을 위해 얼마나 바람직한가를 따져보아야 하지 않을까. 인간에게는 인권이 있으니 어떤 경우에도 무조건 보장해야 한다는 논리는 과연 보편적 정의에 바탕을 둔 것인지 고민해보자.

가족 구성원이 불행하게 성폭력의 피해자가 되는 경우 그 가족은 모두 심각한 정신적 고통에 시달리게 된다. 범법자의 인권보다 중요한 것은 제2의 피해자를 보호하는 일이다. 범죄자의 인권이 중요하다고 외치기 전에 되돌아봐야 할 것은 일생 씻을 수 없는 피해를 입은 당사자들의 인권이 아닐까. 그런데도 범죄자의 인권침해를 막기 위해 새로운 대안을 찾아야 할까, 아니면 현실적으로 전자발찌제도를 보완해 계속 강화하는 방향으로 나가야 할까. 무엇이 정의로운 선택인지 고민해보자.

JUSTICE

정의로운 사회를 위하여

종교의 자유를 위한 시위

A는 고등학교에 진학하면서 기독교 계통의 학교에 배정되었다. 그동안 A는 특정한 종교가 없을 뿐만 아니라 특별히 어느 종교에 대하여 깊이 생각해본 적도 없었다. 다만 어머니가 불교 신자여서 다른 종교보다는 불교 의식과 문화에 그나마 거부감이 별로 없는 정도였다.

그런데 뜻밖에도 고등학교 1학년 첫날부터 자신의 의지와는 상관없이 특정 종교 의식을 치르고 종교 수업에 참여하게 되자 A는 회의를 느끼기 시작했다. 시간이 갈수록 강제적으로 참여하는 종교 행위에 대한 거부감은 더욱 커져갔다. 그럴 때면 종종 친구들과 의견을 나누기도 했다.

"난 내 의지와 상관없이 억지로 눈감고 기도하는 시간이 정말 괴로워. 넌 안 그러냐?"

A의 물음에 친구는 이렇게 대답했다.

"나도 좋진 않지만, 그럴 때는 그냥 아무 생각 안 하거나 게임 생각을 하거나 해. 뭐, 그렇게 괴로울 것까진 없는데……."

"종교는 개인이 자유롭게 선택할 수 있어야 하잖아? 그런데 우리는 단지 이 학교에 우연히 배정받았다는 이유만으로 강제로 눈감고 고개 숙이고 기도하고 찬송가를 불러야 해. 이건 아무리 생각해도 말이 안 돼!"

고등학교 생활이 중반으로 접어들 때까지도 A의 생각에는 변함이 없었다. 오히려 더 굳고 단단해졌다. 어쩌면 정서적으로 예민하고 자신에 대해 관심을 집중하게 되는 열혈 청소년이기 때문에 그런 걸까. 스스로 그 점을 납득하기 어려울 때는 목회를 담당하는 선생님을 찾아가 상담을 하기도 했다. 그러나 그곳에서도 A가 원하는 명쾌한 답은 들을 수 없었다. 학교 측에서는 그의 이야기에 귀를 기울이지 않았을 뿐 아니라 오히려 문제 학생으로 취급하기 시작했다.

'그래, 나처럼 억지로 종교 수업을 들으며 불만에 차 있는 아이들이 분명 많을 거야. 누군가가 나서서 이 부당한 관습을 타파해야 해!'

마침내 3학년 어느 날에 그는 그동안 자신을 괴롭혀오던 문제의 해답을 찾기 위해 교문 밖으로 나섰다.

종교의 자유를 보장하라!

원하지 않는 종교 수업을 거부할 권리를 보장하라!

이렇게 쓴 피켓을 들고 교문 앞에서 시위를 하기에 이른 것이다. 그러자 학교가 발칵 뒤집혔다. 보수적이며 권위적인 기독교계 학교의 관계자들은 A의 행위를 멈추기 위해 전전긍긍했다.

"여보게, 이게 무슨 짓이야! 무슨 헛소리를 하는 거야? 종교 수업도 엄연한 수업인데 그걸 거부하다니, 그게 말이 되나?"

"당장 그만두지 않으면 퇴학당할 줄 알아!"

"미꾸라지 한 마리가 물을 흐린다더니……."

어른들은 A의 말에 귀를 기울이기보다는 협박하고 으름장을 놓았다. 학교 측에서 이렇게 나오자 A는 다음 날부터 시교육청으로 달려가 그 앞에서 1인 시위에 들어갔다. 그러자 좀 더 많은 사람들에게 그의 이야기가 알려지게 되었고 여론에서도 관심을 보였다.

"맞아, 나도 학교 다닐 때 일주일에 한 번씩 의무적으로 종교 수업을 받았는데, 그 시간은 무의미하게 흘러갔어. 졸거나 옆 친구와 잡담을 하는 시간이었지."

"난 그리 나쁘지 않았다고 기억해. 그 시간은 어떤 이론적 지식보다 정신 수양을 할 수 있는 시간이었으니까. 몰랐던 종교나 신에 대해서도 좀 알게 됐고……."

사람들은 이렇게 각자의 경험에 비춰 학교의 의무적 종교 수업에 대해 이야기를 나누게 되었다.

"뭘 저렇게까지 해? 그냥 한쪽 귀로 듣고 한쪽 귀로 흘려버리면 그만인걸. A가 괜히 사람들 관심 끌려고 오버하는 거야!"

"무슨 소리야? 나도 재랑 같은 생각이야. 종교는 의무가 아니라 선택이잖아. 아무리 기독교 학교라도 학생한테 종교 선택권을 줘야 해. 자기가 가고 싶어서 간 것도 아닌데 기독교 학교라는 이유만으로 종교 행위나 종교 수업을 강요한다면 말이 안 되는 거지."

"그렇긴 하지만 그게 저렇게까지 거리로 뛰쳐나올 일인가?"

결국 그 뒤 A는 퇴학을 당했고 학교에는 아무 변화도 없었다.

A는 계란으로 커다란 바위를 깨뜨리려 했던 걸까. 피켓을 들고 거리로 나서기 전까지 평범한 학생이던 그가 이 사건을 통해 사회에 던진 질문은 무엇일까.

종교의 자유는 왜 중요한가. 오늘날 전통적으로 국민들의 80~90%가 한 종교를 믿는 몇몇 국가를 제외하고 종교는 대체로 개인의 선택에 따른다. 그러나 중세시대 유럽에서는 국가가 공인한 종교 외에 다른 종교는 허용되지 않았고, 이를 위반하면 이단자로 몰려 가혹한 처벌을 받아야 했다. 그러나 시간이 지나면서 사람들의 의식이 진보함에 따라 이처럼 부당한 제도에 대항하는 투쟁과 노력이 끊임없이 이어져 마침내 종교의 자유가 인정되기에 이르렀다.

우리나라도 헌법 제20조에 종교의 자유를 보장하고 있다. 종교의 자유의 핵심은 개인적 신앙의 자유다. 또한 종교의 자유에는 종교적 행사나 집회 · 결사, 선교 활동 등을 할 수 있는 적극적 자유뿐만 아니라 신앙을 갖지 않을 자유, 즉 무신앙의 자유는 물론 종교 행사 및 집회 · 결사, 선교 활동 등을 강제받지 않을 소극적 자유까지 포함된다.

이처럼 우리 국민들은 종교를 선택하는 것은 물론 종교를 갖지 않을 자유도 보장받고 있다. 그런 의미에서 법률에 보장된 종교 선택에 관한 자유는 물론 종교적 행사나 선교 활동을 강제받지 않을 자유가 있는 A의 1인 시위를 통한 거부권 행사도 당연한 것으로 볼 수 있다. 아울러 그가 다니던 기독교계 학교 역시 교육을 통한 선교 활동을 할 자유가 있다.

그러므로 A와 학교는 각각 종교의 자유에 입각해 권리를 행사한 것이다. 현실에서 둘의 대결은 계란으로 바위를 깨려던 A의 패배로 일단락되면서 근본적인 갈등의 해결 없이 다시 조용한 수면 아래로 가라앉았을 뿐이다.

법률에도 보장된 종교의 자유 권리에 따라 자신이 원치 않고 선택하지 않은 종교 교육을 거부한 A의 행위와 관련해 정의에 대해서 생각해보자. 정의란 진리에 맞는 올바른 도리 또는 개인 간의 올바른 도리, 사회를 구성하고 유지하는 공정한 도리를 뜻한다. 또한 개인의 자유를 존중하며 각자 좋은 삶을 선택할 수 있는 사회를 정의로운 사회라고 할 때 A의 행위는 바로 개인의 자유를 존중받기 위한 노력이었다.

만약 내가 A라면, 그것이 내 일이 된다면 나는 어떻게 할 것인가. 시위만이 정의를 실현할 수 있는 방법이었을까. 또한 교육을 통해 선교 활동을 할 자유를 지닌 학교 측의 대응은 옳았을까.

종교의 자유와 관련해 무엇이 옳은지, 정의란 무엇인지 생각해보자.

누군가를 위해 태어난 아기

초록색 눈동자가 아름다운 열여섯 살 안나는 어릴 때부터 앓아온 희귀 혈액질환 때문에 언제 세상을 떠날지 모르는 불안한 나날을 이어가고 있었다. 물론 안나의 부모님은 소중한 딸을 살리기 위해 백방으로 노력하고 있었다.

안나에게는 세 살 어린 남동생 폴이 있었다. 안나는 건강하고 귀여운 남동생이 있어 다행이라고 생각했다. 자신이 세상을 떠나더라도 동생이 곁에 있으니 부모님이 덜 슬퍼할 것 같았기 때문이다.

"더 늦기 전에 안나에게 수술을 해주어야 해요."

"글쎄, 폴에게 뭐라고 이야기를 해야 하지?"

"그냥 누나가 아프니까 네가 수혈을 좀 해주어야 한다고 하면 안 될까요?"

"쉽게 알아들을까? 꼬치꼬치 캐물으면 어떡하지? 사실대로 이야기했을 때 충격을 받거나 싫다고 하면 어쩌지?"

어느 날 부모는 폴이 학교에서 돌아온 줄도 모르고 심각하게 이야기를 나누고 있었다.

"엄마 아빠, 그게 무슨 말씀이세요? 제가 뭘 어떻게요?"

갑작스러운 폴의 등장에 부모는 당황했지만, 이참에 솔직히 이야기하기로 했다. 그들은 안나의 병을 치료하는 데 필요한 줄기세포를 얻기 위해 안나와 조직이 일치하는 배아를 선택하는 과정을 거쳐 폴을 낳았다고 털어놓은 것이다.

이와 같이 시험관 수정을 통해 두 자녀의 세포조직과 완전히 일치하는 특정 배아를 가려 질병 유전자가 없는 정상적인 배아로 탄생시킨 아기를 '맞춤아기'라고 한다. 또는 희귀 질환을 앓는 형제나 자매를 살리기 위해 태어난다는 뜻으로 '구세주 형제', '스페어 아기'라고도 한다.

이야기를 다 들은 폴이 천천히 입을 열었다.

"제가 싫다고 하면 어떻게 되는 거예요?"

그 말에 어머니가 슬픈 얼굴로 대답했다.

"폴, 나는 네가 거절하지 않을 거라고 생각했는데… 거절하고 싶니?"

"음… 저는 이 세상에 태어난 걸 행복하게 생각하고 누나와 부모님을 모두 사랑해요. 그런데 내가 누나를 위해서 태어났다니… 어리둥절하고 왠지 슬퍼요."

폴이 우울한 목소리로 대답하자 아버지가 곤란한 표정으로 입을 열었다.

"폴, 우리는 세상 누구보다 널 사랑해. 그건 변함이 없어. 다만 네 골수가 누나를 살릴 수 있다는 건 아주 중요하단다. 누나의 상태가 더 나빠지기 전에 네가 수술에 동의해주었으면 좋겠다."

"그러니까 제 골수가 필요해서 저를 낳으신 거란 말씀이잖아요!

만약 누나가 건강했다면 굳이 저를 낳을 이유가 없었단 얘기죠? 만약 제가 골수를 주지 않으면 누나는 죽을 거예요. 그러니까 당연히 그렇게 해야겠지만……."

폴은 갑작스럽게 마주친 진실 앞에서 당황하고 혼란스러워했다. 이제 겨우 열세 살의 소년이 한번에 모든 상황을 이해하고 받아들이기란 쉬운 일이 아니었다. 그 뒤로 한동안 폴은 우울한 듯 가족들과 얼굴을 마주하는 것도 거부하며 혼자만의 시간을 보내곤 했다.

폴과 자신에 관련된 이야기를 들은 안나도 매우 당황했다. 안나는 사랑하는 부모님, 폴과 함께 더 오래 살고 싶었다. 그러려면 현재로서는 폴의 골수를 이식받아야 했다. 그런데 모든 사실을 안 폴에게 '누군가를 위해 만들어진 존재'라는 것은 큰 충격일 수밖에 없었다.

생명과학 기술의 발달로 누군가를 위한 맞춤아기까지 만들어내는 세상이 되었다는 사실은 희귀 질환자들에게는 기쁜 일임에 틀림없다. 그러나 반대편에서는 그것이 과연 윤리적으로 바람직한가에 대해 의문을 제기할 수밖에 없는 것도 현실이다.

2009년 9월 개봉한 〈마이 시스터즈 키퍼〉라는 미국 영화도 이런 맞춤아기의 가족 이야기를 다루고 있다. 미국에서는 실제로 2000년부터 맞춤아기가 태어났다. 미국 시카고의 한 병원 의료진이 판코니 빈혈이라는 유전 질환을 앓는 누나의 치료를 위해 맞춤형 남자아기 아담을 처음으로 출생시켜 윤리적 논란과 함께 세간의 주목을 끌었다. 이 아기는 여섯 살 누나에게 조직이 일치하는 골수를 제공할 목적으로 시험관 수정을 통해 태어났다. 얼마 뒤 누나의 골수에 이식한 아담의 탯줄 혈액은 3주 만에 골수 기능을 떠맡아 혈소판과 백혈구를 생성함으로써 누나를 질병에서 구해주었다. 만약 맞춤아기 아담이 없었다면 누나의 생명은 이후 어떻게 되었을지 모른다.

영국에서도 2002년 희귀 빈혈증을 앓던 네 살 남자아이 찰리의 부모가 치료를 위한 맞춤아기의 출산을 위해 미국으로 건너가 여자아이를 출산했다. 그리고 골수이식 수술을 거쳐 지금까지 두 아이 모두 건강하게 자라고 있다. 찰리의 여동생처럼 맞춤아기로 태어나더라도 그런 질병적 위험 요소가 모두 제거된 채 건강하게 태어난다면 어떨까? 그로써 형제나 자매의 생명을 구하는 것은 물론 본인도 이후 질병으로 인한 의료비 지출 등의 부담을 벗어버릴 수 있다면 긍정적이지 않을까.

누군가의 기증이 절실하지만 당장 불가능하거나 오직 맞춤아기로만 자녀의 질병을 고칠 수 있다면 누구나 한 번쯤 고민해보지 않을까. 또 막연히 장기이식을 기다리던 사람들에게는 장기를 마련하는 대안이 될 수도 있지 않을까.

맞춤아기에 대해서는 '특정 목적'을 위해 조건에 맞는 아기를 낳을 수 있다는 긍정론과 함께 생명의 존엄성 및 인간 윤리 의식에 배치된다는 비판론이 서로 맞서고 있다.

긍정론자인 생명공학 연구자들은 앞으로의 가능성을 정확히 예측할 수 없는 상황에서 윤리적 이유만으로 연구 자체를 금지해서는 안 된다고 말한다. 그뿐만 아니라 아직까지 해결이 쉽지 않은 각종 암과 유전성 질환자들을 위해 적정한 법의 테두리 안에서 연구할 수 있게 하라고 목소리를 높인다. 이에 따라 영국에서는 2009년부터 불치병 치료를 위해 사용되는 맞춤아기의 출산을 허용하는 법을 세계 최초로 시행하게 되었다.

반대론자들의 주장도 만만치 않다. 아기는 존재 자체로 존중되어야 할 고귀한 생명이다. 그런데 맞춤아기는 불치병에 걸린 또 다른 생명을 살리기 위한 수단으로 이용된다는 점에서 인간의 존엄성이 훼손되므로 비도덕적이라고 강조한다. 또한 현재는 건강한 배아를 골라 인공적 수정을 하는 정도로 그치지만 향후에는 인간의 유전자를 조작하는 단계로까지 이어질 수도 있으므로 결코 허용되어서는 안 된다는 것이다. 더욱이 실험 과정에서 변형된 유전자가 외부로 유출되거나 악의적으로 이용된다면 인간이라는 종 자체가 붕괴될 수 있다는 근본적 우려와 함께 생명체가 상품으로 전락될 수도 있다는 점에서 종교계의 반발도 거세다.

수많은 찬반 논쟁에도 불구하고 윤리 때문에 맞춤아기라는 효과적인 치료법을 시도할 수 없다면 치료받지 못한 채 죽어가는 아이의 생명 또한 방치되는 게 아닐까. 만약 내가 안나 또는 폴의 입장이라면 어떤 결정을 내릴 수 있을까. 아무 목적 없이 순수한 사랑과 축복만으로 세상에 태어난 것과 어떤 목적으로 만들어졌다는 사실의 차이는 무엇일까.

인간의 생명을 지키는 일과 윤리를 지키는 일 중 어느 것이 더 정의로운 선택일지에 대해 고민해보자.

동정과 지원 사이

아프리카의 어느 황폐한 지역에 국제 구호단체의 자원봉사자들이 도착했다. 학기 중이지만 아프리카 체험 기회를 얻게 된 고등학교 1학년 A는 자원봉사를 하는 의사 삼촌을 따라 이곳에 왔다. 낡은 자동차를 타고 먼 길을 달려오는 동안 이미 머리가 타버릴 듯 뜨거운 날씨와 자욱하게 날리는 황토 먼지 때문에 숨을 쉬기도 어려울 정도였다.

'어휴, 이런 나라에서 어떻게 사람이 살지?'

그 지역은 내전과 가뭄으로 이미 오래전부터 사람이 살기 어려운 땅으로 변해 있었다. 상수도 시설이 없으니 하천이나 시냇물을 먹어야 하는데, 그나마도 가뭄이 들어 먹고 살기에 턱없이 모자랄뿐더러 할 수 없이 입에 댄다 해도 당장 탈이 날 만큼 수질도 나빠 보였다.

"여기밖에는 물이 없나요? 왜 이런 물을 먹죠?"

봉사자 한 사람이 현지 주민에게 물었다.

"물이라곤 여기가 그나마 마지막이랍니다. 이곳 500여 명의 주민들에게는 생명수나 마찬가지예요."

아무런 의욕도 느껴지지 않는 표정으로 깡마른 검은 체구에 눈이 퀭한 여자가 대답했다. 그녀는 한쪽 옆구리에 비쩍 마르고 숨도 제대로 쉬지 못하는 작은 아이를 매달고 있었다. 아이의 온몸에 파리 같은 날벌레가 수없이 들러붙었다 떨어졌다 하며 아이를 괴롭히고 있었다. 아이는 금방이라도 눈물이 터질 것 같은 서글픈 눈빛으로 기운 없는 사지를 엄마에게 내맡기고 있었다. 도저히 물이라고 할 수 없는 물을 먹는다니 A는 아이와 엄마의 표정이 너무 절망적이어서 가슴이 아팠다.

"아이가 왜 이렇죠? 어디 아픈가요?"

봉사자의 물음에 아이 엄마는 아무렇지 않게 대답했다.

"우리 모두 아무것도 못 먹은 지 일주일도 넘었어요. 겨우 저 물로 허기만 달래고……."

그녀의 곁에는 7~8세에서 10대 중반까지로 보이는 아이들 서넛이 둘러서 있었다. 모두 그녀의 자녀였다. 아무렇지도 않게 일주일째 아무것도 못 먹었다고 대답하는 그녀를 보고 사람들은 순간 숨이 막히는 것 같았다.

자원봉사자는 잠시 숨을 고르고 다시 아이들에 대해 물었다.

"이 시간에는 아이들이 학교에 가 있어야 하지 않나요? 왜 집에 있는 거죠?"

"이 아이들 중에는 학교에 가본 아이가 없어요. 그리고 가끔 인근 숲이나 마을을 돌며 먹을 것을 찾으러 다녀요. 나는 아픈 아이를 돌보아야 하니까요."

그들은 어린 자녀들이 고사리 같은 손으로 쓰레기며 숲을 뒤져 간신히 먹을 것을 구해오는 날에만 그나마 끼니를 해결할 수 있는데, 그나마도 구하지 못하는 날이 더 많다고 했다.

"지금 가장 필요한 게 뭐죠? 음식인가요? 아이들을 학교에 보내는 건가요?"

"물론 가장 필요한 건 음식이에요. 좋은 음식이나 맑은 물이 아니어도 돼요. 그냥 먹을 수만 있으면⋯⋯."

말을 많이 해서인지 아이 엄마는 힘든 기색으로 흙바닥에 주저앉았다. 그녀의 눈빛은 간절함으로 더 깊어졌다.

A는 자신이 얼마나 행복한 사람인가를 새삼 깨달았다. 말로만 듣던 일을 현실로 마주하니 오히려 더 비현실적으로 느껴졌다. 어떻게 사람이 하루도 아니고 일주일씩이나 더러운 물만 먹으며 버틴단 말인가. 마음 같아서는 당장 주머니에 있는 몇 푼 안 되는 동전이라도 다 내주고 싶었다.

전 세계적으로 굶주림에 시달리는 인구는 8억 5천만 명에 이르고, 그로 인해 사망에 이르는 숫자만도 하루에 10만 명 이상이라고 한다. 그뿐만 아니라 오염된 식수를 마셔야 하는 인구는 11억 명이며, 다섯 살 전에 굶어 죽는 어린이도 1년에 600만 명에 이른다. 학교에 다녀야 할 나이에 가족의 생계를 위해 돈을 벌며 노동자로 살아가는 어린이도 무려 2억 5천만 명 정도라고 한다. 또 굶주림에 시달리다 못해 8초마다 한 명의 아이가 세상을 떠나고 있다.

극도의 굶주림에 시달리며 생명을 겨우 부지하는 아이들은 대부분 오래된 가뭄과 내전에 시달려 이미 황폐할 대로 황폐해진 아프리카와 남아시아 지역에 산다. 에티오피아를 강타했던 대기근, 소말리아 및 최근 남부 아프리카에서의 참사로 굶주림은 계속되고 있다.

특히 아프리카 몇몇 국가의 영아사망률과 5세 미만 유아사망률은 매우 높다. 이처럼 어린이들이 굶주림의 최대 희생자가 되는 이유는 충분한 영양이 공급되지 않으면 그 작은 몸마저 버틸 수가 없기 때문이다. 영양실조로 면역 기능이 떨어지면 질병 감염률이 높아지는 것도 한 원인이다.

그렇다면 왜 식량이 부족할까. 지구에서 생산되는 식량의 절대량이 부족한 걸까. 결코 그렇지는 않다. 오늘날 지구상의 총 식량생산량은 전체 인구가 먹고도 남을 만큼 충분하다. 그런데도 왜 지구의 어느 곳에서는 하루에 10만 명, 8초에 한 명꼴로 어린이가 굶어 죽을까.

그것은 기아에 허덕이는 대부분의 나라에는 그 나라를 제대로 운영하고 국민들의 삶의 질 향상을 위해 노력하는 정부가 없기 때문이다.

부패하고 나태한 정부와 관료들은 서구 열강과 거대 기업의 손아귀에서 놀아나고 있다. 그 이유는 아프리카 등 기아 국가들이 과거에 유럽의 식민지였다는 데 있다. 겉으로는 독립국이지만 그들은 지금도 여전히 종속 관계를 유지하고 있다. 국민들이 굶어 죽어도 이에 아랑곳없이 관료들은 자기 잇속만 챙기느라 바쁘다. 정의가 사라진 나라에서 힘없는 국민들을 돌볼 사람이 아무도 없다. 그러므로 세계가 힘을 합쳐 그들을 계속 도와야만 하는 것이다.

그런데 이렇게 근본적인 문제를 안고 있는 부패한 정부에 대한 제재 없이 습관적으로 이루어지는 원조 행위는 해결책이 될 수 없다. 어설프고 무책임한 원조가 결국 그들을 가난에 길들이고 구걸에 익숙하게 만든 것일 수도 있다. 낚시를 가르치기보다는 먹이를 던져줌으로써 자립 의지를 심어주지 못했던 것이다. 무조건 퍼준다고 해결될 일이 아니므로 원조를 중단해야 자립 의지가 생기지 않겠느냐고 강경론을 펴는 사람들도 있다. 어떻게 하는 것이 그들을 근본적으로 돕는 정의로운 길이 될까 고민해 보자.

근본적으로 사회적 · 경제적 구조 조정, 생활환경 개선 등의 노력이 필요하지 않을까. 그 나라들의 교육 여건 조성에 적극 투자해 학교를 짓고 교육 기회를 최대한 제공하는 지원이 절실히 필요하다. 교육은 무지와 가난을 타파하는 중요한 수단이기 때문이다. 그리고 그들이 구조적·제도적으로 자립하고 장기적으로 발전할 수 있게 기틀을 마련해주는 것이 먹이를 던져주는 것보다 더 도움이 되지 않을까.

과거에 6·25 전쟁으로 해외 원조를 받은 경험이 있는 우리는 그처럼 기아에 허덕이는 사람들을 도와줄 도의적 책임도 있다. 그러나 국민들과 정부 관료들이 먼저 의식을 개혁하고 자립 의지를 갖지 않는 한 아무리 큰 도움도 밑 빠진 독에 물 붓기가 될 것이다. 무조건적인 지원은 동정에 지나지 않는다.

동정과 지원은 어떻게 다른가. 만약 생존을 위해 하루하루 처절하게 싸워야 하는 입장에 처한다면 나에게 정말 필요한 도움은 무엇일까. 누구도 굶어 죽지 않고 다 함께 잘사는 정의로운 사회를 만들기 위해 가장 바람직한 대안은 무엇인지 생각해보자.

공연 동물의 슬픔

선희네는 간만에 서울 근교의 가족 공원으로 나들이를 갔다. 다섯 살된 은별이를 데리고 친정을 찾은 언니와 어머니, 선희까지 네 사람은 모처럼 간 공원에서 상쾌한 기분을 맛보았다. 놀이공원과 수목원, 자연동물원까지 갖춘 공원은 곱고 화려한 꽃이 만발한 데다 많은 동물들을 자연 상태와 가까운 거리에서 볼 수 있게 되어 있었다.

그림책에서나 보던 동물들을 세상에 태어나 처음으로 보게 된 어린 조카는 신이 나서 커다란 눈망울을 초롱초롱 빛내며 사방을 두리번거리기 바빴다.

"정말 오랜만에 와본다. 나도 5학년 때 왔었는데……."

선희도 3~4년 만의 가족 공원 나들이에 감회가 새로웠다.

한참 동안 드넓은 공원을 돌며 놀이기구도 타고 맛난 간식도 먹은 선희네는 동물원 쪽으로 걸음을 옮겼다.

"우리, 원숭이 학교 공연 보러 갈까? 저쪽에 있다던데."

은별이 엄마가 가족들에게 동물 쇼를 보러 가자고 제안했다.

"좋아! 사람보다 더 사람 같은 원숭이를 보러 갑시다!"

선희가 조카 은별이보다 들떠서 앞장섰다. 공연장은 반원형 계단식으로 좌석이 마련된 노천극장이었는데, 공연이 펼쳐지는 무대 뒤쪽에 연습장과 대기실 등이 있는 간이 건물이 이어져 있었다. 마침 원숭이들의 학교 생활 모습을 연출하는 공연이 시작되고 있었다.

목줄을 맨 작은 원숭이들이 교복을 맞춰 입고 각 조련사의 손에 이끌려 무대 앞으로 걸어 나왔다. 원숭이들이 일렬로 서서 사람들이 가득 찬 객석을 향해 90도로 허리를 숙여 인사하자 객석에서는 웃음소리가 터져나왔다.

"와, 원숭이가 인사를 하네?"

"정말 귀엽다!"

"진짜 사람 같아."

아이들은 신이 나서 박수를 쳤다. 곧이어 뒤쪽 책상 앞으로 가서 제자리에 앉은 원숭이들은 잠시 후 선생님이 차례로 이름을 부르자 순서대로 손을 들고 대답하듯 일어나는 몸짓을 했다. 모든 행동이 정확하고 일사불란했다.

그때 갑자기 선희의 배가 아파오기 시작했다. 맛좋은 간식을 너무 많이 먹은 모양이었다. 선희는 서둘러 객석을 빠져나와 화장실을 찾아 두리번거렸지만 얼른 눈에 띄지 않았다. 이리저리 찾아 헤매던 중 우연히 무대 뒤쪽까지 가게 되었다. 문이 열려 있어 혹시 화장실이 있나 하고 기웃거리는데 큰 소리가 들려왔다.

"이 새끼, 똑바로 못해? 에잇!"

거친 남자의 목소리에 이어 날카롭게 바람을 가르는 채찍 소리가 들렸고, 고통스러운 비명 소리가 들려왔다. 그것은 동물의 울음소리 같았다. 그 순간 선희는 가슴이 철렁했다. 선희는 돌아가려던 걸음을 멈추고 소리가 들리는 쪽으로 살며시 다가가보았다. 어둑어둑한 실내에는 우리 속에 갇힌 어린 원숭이들이 겁에 질린 표정으로 숨죽인 채 웅크리고 있었다. 소리가 들리는 쪽을 보니 채찍을 들고 선 조련사의 뒷모습과 쇠사슬에 목이 묶인 채 벌벌 떠는 원숭이가 보였다. 원숭이는 깔끔한 의상을 갖춰 입고 있었다.

"왜 갑자기 말을 안 들어? 이렇게 하면 앞으로 나가서 모자를 벗고 인사한 다음 한 바퀴 공중제비를 돌라고 했잖아. 왜 안 해!"

원숭이는 방금 공연을 하러 나갔다가 배운 대로 하지 않아 그냥 들어온 모양이었다. 공연을 망쳐버린 담당 조련사는 몹시 화가 나서 목줄을 잡아 이리저리 당겼다 놓았다 휘저으며 원숭이의 몸이 허공에서 재주를 넘게 해보려고 안간힘을 썼다. 아마 원숭이가 갑자기 말을 듣지 않는 듯했다.

이미 공연을 망쳤지만 몇 시간 뒤에 하는 공연을 위해 어떻게든 훈련을 해야 하는 상황이었다. 그래서 조련사는 답답하고 날카로워질 수밖에 없었다. 하지만 원숭이는 이미 잔뜩 겁에 질린 데다 의욕도 없어 보였다. 마침내 인내심의 한계에 도달한 조련사가 성질을 부리며 목줄을 힘껏 당겨 내동댕이쳤다. 그러자 원숭이는 그대로 바닥에 몸을 심하게 부딪치며 다시 날카로운 비명을 질렀다.

그 소리를 들은 다른 조련사가 다가와서 물었다.

"왜 그래? 말 안 듣냐?"

"아, 안 되겠어요. 이 녀석, 제 새끼가 걱정되는지 도무지 말을 안 들어요. 어쩌죠?"

"일단 놔뒀다가 공연 끝나고 족쳐. 새끼들이 잔머리만 굴리고 말을 안 듣는다니까!"

그 틈에 놓여난 원숭이는 절룩거리며 황급히 자기 우리로 뛰어들

150

었다. 그곳에 있던 작고 어린 새끼가 어미 품으로 얼른 안겨들었다. 선희는 그 상황을 보고 적잖이 충격을 받았다. 어린 새끼 때문에 마음이 놓이지 않아 제대로 훈련을 못하는 원숭이를 그렇게 무자비하게 다루다니……. 한 치도 틀림없이 척척 배운 대로 해내는 많은 원숭이들이 무대 위에 오르기까지 얼마나 큰 고통을 겪었을지 그제야 짐작이 갔다.

볼거리가 많지 않았던 30~40년 전만 해도 서커스단의 공연은 큰 볼거리였다. 명절이면 해외 유명 서커스단의 공연 장면을 텔레비전으로 볼 기회도 종종 있었다. 사람들의 재주도 멋지지만 특히 서커스에서 흥미를 끄는 것은 덩치가 큰 동물들이 온순하게 사람의 명령에 따라 이리저리 움직이며 쇼를 하는 장면이었다.

이를테면 곰에게 권투 장갑을 끼워주고 서로 권투하는 몸짓을 하게 하거나 몸무게가 수백 킬로그램 나가는 육중한 체구의 코끼리가 달랑 한 발로 제 몸을 떠받들고 물구나무서는 장면, 침팬지들이 자전거를 타거나 굴렁쇠를 돌리고 재주를 넘는 장면 같은 것들이다. 그 시절에는 어떻게 말 못하는 짐승이 저렇게 사람처럼 재주를 부리나 싶어 모두 감탄하곤 했다.

그리고 언제부턴가 서커스가 쇠퇴하자 동물원 같은 한정된 장소에서 물개나 원숭이, 돌고래, 코끼리, 조랑말 등의 쇼가 이어지고 있다. 사람들은 여전히 멋진 쇼에 감탄하며 박수를 아끼지 않는다. 쇼에 성공할 때마다 보상으로 맛난 먹이를 먹을 테니 동물들에게도 다행이라고 생각한다. 또한 아무 동물이나 쇼가 가능한 게 아니다. 원숭이나 돌고래처럼 어느 정도 지능이 있어야 훈련 효과를 거둘 수 있는 것이다.

동물들이 무대에 나와 완벽한 공연을 펼치기까지 얼마나 오랜 시간 동안 고통을 견뎌야 하는지에 대해서는 아무도 관심을 갖지 않았다. 결과가 좋으면 과정 따위는 아무래도 상관없는 것일까.

그런데 미디어의 발달에 따라 그 멋진 무대 뒤에서 어떤 일이 벌어지는지 알려지기 시작했다. 동물들에게 공연에 필요한 행동을 훈련시키기 위해서는 어떤 과정이 필요할까. 말이 통한다면 간단하겠지만 불행히도 그들은 인간의 언어를 이해하지 못하므로 다른 방법이 동원된다. 곧 당근과 채찍이다. 말을 잘 들으면 당근(보상)을 줄 것이고, 그러지 않으면 사정없는 채찍(폭력과 학대)이 이어진다.

그런데 그토록 가혹한 훈련은 과연 누구를 위한 것일까. 동물들의 삶의 질 향상을 위한 것일까. 동물들도 인간 연예인처럼 쇼를 잘하고 인기를 얻을수록 높은 수입과 안락한 잠자리를 제공받을까. '재주는 곰이 부리고 돈은 주인이 챙긴다'는 말 그대로 아무리 멋지게 쇼를 해도 동물들에게 주어지는 것은 채찍과 적당량의 먹이뿐이다. 동물은 결국 인간의 재미와 돈벌이를 위한 상업적 오락 도구로 전락한 것이다.

동물에게도 근원적으로 자신들이 태어나고 자라던 자연 속에서 가장 자연스럽게 살 권리가 있다. 그럼에도 인간의 손에 잡혀 우리에 갇히는 순간부터 인간을 위해 재주를 부려야 하는 불행한 신세가 되어버렸다. 인간의 쾌락을 위해 죄 없는 동물을 이용하는 것은 과연 도덕적인가.

사람들이 공연을 보고 즐거움을 만끽하는 동안 동물들은 엄청난 스트레스에 짓눌리고, 그로 인해 조련사를 공격하는 등 비정상적 돌발 행위를 하기도 한다. 그것은 근본적으로 공연을 위한 전 과정이 동물들에게 너무 비윤리적이기 때문이다. 동물들의 입장에서 보면 무의미한 행위를 동물들에게 강요하고 이를 보고 즐기는 시스템은 관람객이 주로 어린이라는 것을 고려할 때 문제가 더 크다. 동물과 인간의 공존의식을 키우기보다는 다른 생명의 존재에 대해 왜곡된 인식을 심어주게 될 것이기 때문이다.

윤리나 도덕은 인간에게만, 인간을 위해서만 운운하는 가치일까. 동물에게도 인간처럼 가장 자연스러운 상태에서 자유롭게 삶을 영위할 권리를 존중해줘야 하지 않을까.

지금이야말로 수많은 정신적 가치를 발전시키고 도덕과 양심, 정의로움을 이야기하면서 정작 힘없는 동물을 한순간의 재밋거리로 전락시키는 동물 공연에 대해 돌아볼 시점이다. 동물에게 가해지는 악행조차 인간을 위한 것일 때는 미덕이고 인간의 행복을 위해서는 얼마든지 용인되어도 좋은가, 아니면 무의미한 행위를 강요당하며

가혹 행위에 시달리는 동물들의 복지를 위해 동물 공연을 중단하는
것이 옳은가.

농어촌 특별전형

초등학교 때까지 서울의 강남 한복판에서 살았던 K는 심한 아토피
때문에 별명이 '두드러기'였다. 태어날 때부터 앓아온 아토피가 시간
이 갈수록 점점 심해지자 그의 가족은 할 수 없이 충청도 산골로 이
사했다. 그러나 어머니는 아들의 아토피가 걱정이면서도 한편으로
는 장래를 걱정했다.

"시골에서 학교 다녀서 어떻게 SKY 대학에 들어가겠니? 아토피는
그냥 견디면 안 되겠니? 대학 들어간 다음에 고치면……."

어머니는 온몸에서 진물이 흐르는 아들을 보면서도 끝까지 도시
생활에 대한 미련을 버리지 못하고 회유하려 했다.

"엄마, 아토피가 더 급해요. 도무지 집중이 안 돼서 공부도 못하는
데 서울 한복판에서 뭉갠다고 뭐가 될 것 같아요? 제발 떠나요. 아토
피만 낫는다면 아무것도 필요 없어요."

아들의 고통은 아토피가 낫는 것 외에는 아무것도 생각할 수 없을
만큼 끔찍했다. 결국 K가 중학교 1학년이 될 때 가족은 모두 아버지

의 고향으로 이사해 자연 속에서 살게 되었다. 공무원인 아버지가 다행히 해당 지역으로 근무지를 변경할 수 있었던 것이다.

그 뒤 K의 삶은 점차 변화했다. 시골에서 마시는 물과 공기는 도시와는 분명 차이가 있었다. 괴물처럼 울긋불긋하던 K의 피부는 날이 갈수록 놀랍도록 좋아졌고, 학교도 그리 나쁘지 않았다. 아토피의 고통에서 벗어난 K는 공부에 집중할 수 있었을 뿐 아니라 서울처럼 학원 순례를 하는 대신 관심 있는 책을 찾아 깊이 있게 읽는 것도 가능했다.

하지만 어머니는 늘 아들의 장래가 걱정이었다.

"코딱지만 한 시골 학교에서 아무리 1등을 한들 무슨 소용이겠니? 어휴, 전에는 제발 아토피만 낫게 해달라고 빌었지만 이젠 아들 대학 보낼 일이 걱정이네. 농어촌 특별전형이 얼마나 도움이 될지 모르겠구나."

농어촌 특별전형이란 농어촌 지역에 있는 고등학교에서 전 교육 과정을 이수한 졸업자 또는 예정자로서, 고등학교 재학 기간 3학년 동안 본인 및 부모가 모두 농어촌 지역에 거주한 경우 대학입시 정시 모집에 지원할 수 있는 제도다. 이는 도시에 비해 상대적으로 교육 여건이 열악한 농어촌 지역의 학생들을 특별히 배려한다는 취지로 1996년에 도입되었으며, 대학 정원의 4%를 정원 외로 뽑을 수 있도록 한 '소수집단 우대제도'에 해당한다.

그런데 어머니의 노심초사에도 불구하고 K는 대학입시에서 농어촌 특별전형으로 Y대학에 당당히 합격했다. 농어촌 지역은 도시에 비해 상대적으로 내신 점수를 따기 쉽다는 이점도 있었으나 그것도 본인의 노력이 없었다면 불가능했을 것이다.

K가 대학에 합격한 뒤, 어머니는 오랜만에 동창 모임에 나갔다. 모임에는 그해에 자식의 대학입시를 치른 친구가 있었고, 두 사람은 자연스레 입시 이야기를 나누게 되었다. K가 농어촌 특별전형으로 Y대에 합격했다는 이야기를 이미 들은 친구는 뚱한 얼굴로 입을 열었다. 공교롭게도 그녀의 딸도 같은 대학에 지원했던 것이다.

"애, 네 아들 Y대 합격한 거 맞니? 웬일이니, 그 시골에서!"

친구가 비아냥거리자 K의 어머니가 이렇게 받아쳤다.

"그래, 그 시골에서 명문대 보냈다. 네 딸이야말로 왜 떨어졌니? 강남 한복판에서 학원 순례하며 열심히 공부했을 텐데?"

"어머! 네 아들 내신 몇 등급이니? 일반 전형하고는 경쟁률 자체가 다르잖니? 농어촌 특별전형이라며? 그건 수능 합격 가능 점수가 훨씬 낮잖아. 수능 평균 4~5등급이라도 서울 경기 수도권 중위권까지 가능하다더라. 그런데 우리 애는 2등급인데도 떨어졌어. 이게 말이 되니? 만약 우리 딸이랑 일반 전형으로 경쟁했으면 당연히 우리 애가 붙었지. 수준 자체가 다른데 어떻게 비교가 되니? 시골이라 내신은 물론 잘 나왔을 거고. 우리 애야말로 정말 억울해. 그럴 줄 알았으면 우리도 일찌감치 어디 촌구석으로 갈 걸 그랬어!"

친구는 자기 딸보다 성적이 낮은 K가 합격한 것을 두고 농어촌 특별전형 때문에 딸이 불이익을 당했다고 억울해했다.

어느 사회에나 다수와 소수가 있으며 다수에 비해 소수는 불리한 경우가 많다. 이를테면 비장애인에 비해 소수인 장애인은 사회생활면에서 제약을 당하고, 왼손잡이들이 오른손잡이에 비해 불편을 겪는 일이 많다. 또 상대적으로 도시보다 교육 여건이 열악한 농어촌에서는 풍부한 정보와 다양한 교육 기회를 접하기가 쉽지 않다.

그 밖에도 사회적으로 보편적이지 않은 애정관을 지닌 동성애자들, 백인 사회의 흑인을 비롯한 유색 인종, 대한민국 사회 속의 이주민들도 마찬가지다. 그들은 자신들이 속한 사회에서 사회적 또는 지리적 위치가 우세하지 못하다. 그대로 두면 그들의 권익이 침해되는 일이 잦아진다. 이 때문에 도덕적으로 바른 사회일수록 수적 열세로 인해 불이익을 당하는 일이 없도록 다양한 소수자를 우대하는 정책을 마련하려고 노력한다.

대학입시에서 농어촌지역에 일정 기간 거주한 학생들을 대상으로 하는 농어촌 특별전형이나 전문계 고등학교를 졸업한 학생이 농업계열이나 상업계열 학과에 진학할 수 있도록 하는 동일계열 특별전형 역시 소수자 우대 정책에 해당한다. 대학 진학의 기준이 되는 성적은 학생 각자의 학습 능력이나 열의에 따른 차이만 반영하는 것이 아니다. 아무리 객관적으로 성적만 가지고 비교하려 해도 거기에는 개인의 생활환경과 부모의 소득, 사회적 위치에 따른 변수가 작용하게 마련이다. 즉, 개인의 능력 이외의 불가항력적 조건들이 도시 학생들에 비해 불리하게 작용하기 때문에 농어촌 학생의 대학 진학률이 상대적으로 낮아지는 것이다.

따라서 이와 같은 특별전형 제도를 통해 좀 더 많은 지역의 학생들에게도 교육 기회가 고루 돌아가도록 배려한다는 의미다. 이 제도를 찬성하는 쪽에서는 소수자에 대한 형평성이 비로소 이루어진다고 생각하는 반면, 반대쪽에서는 역차별을 당한다고 느낀다.

앞의 이야기에서 보듯 농어촌 특별전형의 합격선이 일반 전형보다 낮으므로 그보다 우수한 성적을 받고도 탈락한 일반 전형 지원자는 그 제도를 불공평하다고 여긴다. 또한 제도의 실효성에 대해서도 의문을 품는다. 대학 교육까지 목표로 할 정도면 소득수준도 어느 정도 높아야 하는데, 농어촌 특별전형 자격이 된다는 것은 소득수준이 낮다는 의미도 되므로 돈 때문에 진학을 포기할 경우 이 제도의 의미가 무색하게 된다는 것이다. 또한 자격을 얻기 위해 일부러 농어촌 지역으로 전입하는 등 제도를 악용하는 경우도 있다.

어떤 제도든 칼날의 양면과 같은 요소는 있게 마련이다. 그렇다면 이 제도에서조차 소외되지 않게 하는 보완책이 있을까. 또한 제도를 탓하기보다는 그 제도 안에서 성실하게 경쟁하는 자세가 더 도덕적인 자세는 아닐까. 소수자들을 배려하는 제도를 마련할 때 간과해서는 안 될 것은 무엇일까. 사회는 다양성을 존중할 의무가 있으며, 소수의 의견을 무시하지 않을 뿐 아니라 그들의 권익이 침해받지 않도록 노력할 의무도 있다.

소수자 우대 정책은 소수를 위한 배려이기는 하지만 반드시 소수만을 위한 정책은 아니다. 그것은 다수에 밀려 소외될 수 있는 소수의 권리를 일깨우는 배려이며, 다 같이 어울려 사는 민주 사회로 나가기 위한 미덕은 아닐까.

기러기 아빠의 죽음

영준, 영은 남매의 아버지 강 사장은 4년 전 두 아이를 미국으로 조기유학 보낸 기러기 아빠다. 자녀들은 현재 고등학교 1학년, 중학교 2학년 과정을 공부하고 있고, 아내가 자녀들의 유학길에 따라나섰기 때문에 그는 4년째 쓸쓸하게 혼자 살고 있다.

"앞으로는 영어가 가장 중요해요! 영어 하나만 똑 부러지게 해놔도 걱정이 없다니까. 내 동창들도 벌써 다 보냈어. 여보, 우리도 더 늦기 전에 결단을 내립시다!"

아내의 설득에 강 사장도 결국 자녀들의 장래를 위해 조기유학에 동의할 수밖에 없었다.

중소기업을 운영하던 그는 그때부터 혼자 지내며 더 바쁘게 뛰어 매월 600~700만 원씩 송금하기 시작했다. 하루 종일 정신없이 바쁘게 일하고 밤중에 캄캄한 집에 돌아올 때면 그는 허탈감과 함께 가족들에 대한 그리움으로 잠을 설치곤 했다. 그래도 몇 년만 더 참으면 가족들과 다시 함께할 수 있다는 기대와 희망으로 그는 하루하루를 이겨나가고 있었다.

"이번에 우리 영준이가 전교 톱을 했어요! 미국 선생님들이랑 친구들도 영준이를 좋아해서 아주 잘 지내요. 영은이도 1등은 아니지만 애가 싹싹하고 사교적이라 인기가 아주 높아요."

아내는 종종 잘 지낸다는 소식을 전해왔다,

"그래? 정말 다행이네! 건강이 최고니까 다들 건강 챙겨."

강 사장은 눈물이 나는 것을 들키지 않으려 애써 밝은 음성으로 이야기했다.

"저, 여보, 돈이 좀 더 필요해요. 그동안 쓰던 중고차가 다 낡아 덜덜거려요. 아무래도 새로 사야 할 것 같아요. 여기선 차 없인 꼼짝도 못하잖아요."

"그래? 응, 그래야지."

"중고를 살 테니 1만 불 정도라도… 미안해요."

꼭 필요한 차 문제로 돈 이야기를 꺼내는 아내도 미안한 마음을 감추지 못했고, 강 사장도 안타까운 심정은 마찬가지였다.

그런데 얼마 전부터 무리하게 회사를 확장하면서 자금 회전에 조금씩 문제가 생기기 시작했다. 거래처에 주어야 할 자금들까지 모두 급하게 들이부었는데 그만 브레이크가 걸리고 만 것이다. 몇 억쯤은 여유롭게 돌아가던 회사가 갑자기 삐걱거리자 강 사장은 더 바쁘게 뛸 수밖에 없었다. 그러는 동안에도 아내는 여러 차례 연락을 해왔다.

"여보, 어떻게 된 거예요? 자동차 살 돈도 돈이지만, 이번 달 생활비도 안 보냈잖아. 비상금도 바닥나고 없는데 어쩌라고요? 어디다 정신을 쓰고 다니는 거야? 혹시 사업이 어려워진 거예요?"

"아니야. 좀 바쁜 일이 있어서 깜박했어. 며칠 내로 보낼 테니 걱정하지 마!"

그는 큰소리를 쳐놓고도 걱정이 앞섰다.

'어쩌지? 당장 회사 경비로 쓸 돈도 부족한데… 아, 어쩌다 이렇게 됐지?'

갑자기 일이 꼬인 뒤로는 도무지 풀릴 기미가 보이지 않았다. 그러다보니 급하게 목돈을 마련하기가 쉽지 않았다. 강 사장은 할 수 없이 부모님께 돈을 융통해서 겨우 보냈다. 설상가상으로 얼마 후 주거래처였던 기업의 부도 소문이 돌더니 결국 현실이 되어버렸다. 강 사장이 아무리 정신을 차리고 버둥거려도 끝내 연쇄부도의 도미노를 피할 수 없었다. 결국 10년 넘게 피땀 흘려 쌓아온 회사가 눈 깜짝할 사이에 남의 손에 넘어가고 말았다.

강 사장은 희망을 버리지 않았지만 모두 부질없는 일이었다. 그는 그로부터 몇 날 며칠을 술에 취해 가족에 대한 그리움과 절망감으로 몸부림쳤다.

'내가 뭐 하려고 돈을 벌었지? 가족을 위해서였지. 사랑하는 아내와 아이들을 위해서. 그런데 이젠 어떡하지? 당장 말일이면 또 생활비를 보내야 하는데… 내가 정말 가족을 위해 살았을까? 나는 어디 갔지? 혼자 빈집을 지키며 죽어라 돈 벌어 보내고 나면 뿌듯했지. 아니, 허무했어. 나는 돈 버는 기계였던 거야…….'

며칠 후 강 사장은 자신의 오피스텔에서 싸늘한 시신으로 발견되었다.

'기러기 아빠'라는 말이 우리 사회에 처음 등장한 것은 1999년 말이다. 그즈음 초·중·고 재학생들의 조기유학 제한 조치가 해제되면서 유학 붐이 일기 시작했다. 이후 어머니는 유학 자녀의 뒷바라지를 위해 함께 떠나고 아버지는 홀로 남아 경제활동을 하며 유학 경비와 생계를 책임지는 가정이 늘어나게 된 것이다.

그로부터 십여 년의 세월이 흐른 현재, 교육과학기술부의 2006년 통계에 따르면 외국으로 떠난 초·중·고 조기유학생이 2만 9,511명으로 1999년의 1,839명에 비해 15배 늘어났고, 그만큼 기러기 아빠들의 숫자도 급증했다. 그러다 2007년부터는 초등학교 취학생이 줄어드는 동시에 경기가 악화됨에 따라 2만 7,668명으로 줄어들기도 했다.

오늘날의 대한민국을 일군 것은 어느 나라보다도 교육열이 뜨거운 우리 부모들의 노력 덕분이었다고 해도 과언이 아니다. 그러나 지나친 영어 조기교육 열풍과 조기유학은 어느새 부모의 신념과 소신에 따른 선택이 아니라 유행병처럼 되어버렸다. 부모들은 자녀가 지나치게 경쟁적이고 소모적인 우리 교육 스타일에서 벗어나 어려서부터 더 좋은 환경에서 풍부한 경험을 쌓으며 자유롭게 영어 공부를 하게 하려고 자신들의 삶을 희생한다. 그 바탕에는 우리 사회의 일등지상주의와 지나친 교육열은 물론 자녀의 삶의 지도까지 부모가 만들어주려 하는 유별난 애착 심리가 깔려 있다는 것은 부인할 수 없는 사실이다.

부모, 특히 아버지는 자신의 희생으로 가족 모두가 행복할 수 있으리라는 믿음으로 외롭고 힘겨운 기러기 생활을 하지만, 시간이 흐를수록 가족애가 희박해짐을 느끼며 자신이 돈 버는 기계로 전락했다는 자괴감에 빠진다. 더욱이 아버지의 부재는 정서적 안정감이 필요한 청소년기의 자녀에게 부정적 영향을 미친다. 자녀들 스스로 욕구를 통제하고 목표를 세워나가는 법을 배우려면 아버지의 보호와 권위가 필요하기 때문이다.

이처럼 자녀의 유학으로 인한 가족 관계의 분리는 필연적으로 갈등을 일으키기도 한다. 그중에는 결국 무너지고 해체되는 가족도 많다. 물론 성공적인 해외 유학으로 자녀와 가족 모두가 만족감과 성취감을 얻는 경우도 적지 않을 것이다.

어쨌든 기러기 가족은 부모의 과잉되고 과열된 교육열에서 생겨난 기형적 가족 형태임에 틀림없다. 그로 인한 사회문제들을 해소하기 위해서는 어떤 노력이 필요할까. 부모들 스스로가 자신의 능력과 여건을 돌아보는 것이 중요하다. 세계 속에서 경쟁하며 살아가려면 어학 능력이 필요하겠지만, 내 자녀의 능력과 관심 분야 등을 먼저 살펴 정말 조기유학이 필요한가를 꼼꼼히 따져보아야 한다.

남들이 보내니 어쩔 수 없이 따라 하는 것은 가족의 붕괴를 재촉하는 치명적 선택이 될 뿐이다. 거기에는 어떤 도덕적 가치 판단도 뚜렷한 신념도 없다. 인간은 각자 다른 소명을 가지고 살아간다. 어떤 사람은 세계를 누비며 활동하는가 하면, 어떤 사람은 지역사회 속에서 충실히 역할을 수행하기도 한다. 어느 쪽이 우월하고 성공적인가는 판단할 수 없다. 모두 중요하기 때문이다.

우리는 기러기 아빠의 죽음이 가족을 내팽개친 무책임한 행위라고 비난할 수 있을까. 그의 자살 행위는 바람직하지 않지만 그것이 비난받을 만큼 우리 사회는 도덕적인가. 혹시 그를 죽게 한 것은 우리 사회 전반에 깔린 지나친 경쟁 심리 때문은 아니었을까 생각해보자.

청소년 성매매

지난 여름방학 때 집을 나온 H는 B와 함께 벌써 석 달째 피시방에서 죽순이 생활을 하고 있다. 아버지의 폭력을 피해 이미 수년 전에 집을 나간 엄마를 대신해 고통을 당하던 H는 더 이상 견딜 수 없어 결국 집을 탈출해버렸다. 그녀의 가출은 이미 중학교 때부터 시작되었지만 이번에는 달랐다. 그런 결심 뒤에는 가출 선배인 친구 B의 도움이 컸다.

완전히 집을 떠난다고 생각하니 H는 사실 조금 망설여졌다. 그때 확신을 준 사람이 B였다.

"걱정 마, 하늘이 무너져도 솟아날 구멍이 있다니까! 나만 믿어!"

중 3때 집을 나온 B는 2년째 거리에서 잔뼈가 굵은, 말하자면 '불량소녀'였다. 그녀는 H에게 험난한 정글과도 같은 세상에서 자신이 어떻게 죽지 않고 살아남았는지 노하우를 전수해주는 스승이었다.

"오늘은 좀 제대로 걸렸으면 좋겠다!"

B가 남녀 간 만남을 전제로 하는 채팅방에서 대화 상대를 물색하며 중얼거렸다. 열심히 채팅방을 기웃거린 끝에 B는 괜찮은 상대를 골랐다.

쭉쭉빵빵 : 오늘 저녁 시간 있으셈?

따도남 : 아… 만날까?

쭉쭉빵빵 : 어디서? 얼마 줄 건데?

따도남 : 원하는 대로. 근데 몇 살?

쭉쭉빵빵 : 미성년 아님. 님은 몇 살?

따도남 : 30대. P역 5번 출구 부근 버스정류장에서 7시.

쭉쭉빵빵 : 오케이.

B는 금세 '따도남'이라는 별명을 쓰는 미지의 남자와 만날 약속을 잡고는 H에게 말했다.

"야, 네가 만나. 잘할 수 있지? 하던 대로만 하면 돼."

"또 나야? 왜 만날 나한테만 시키니? 짜증나게!"

"네가 나보다 외모가 좀 되잖아? 돈 따지지 않는 거 보니까 잘하면 대박일 수도 있겠어. 알았지? 오랜만에 고기 좀 먹어보자. 그동안 좀 굶었냐? 이거, 다 같이 살자고 하는 짓이잖아. 그동안 나도 놀진 않았고."

"알았어. 아직 익숙지 않아서 그래."

H는 이왕이면 좀 더 성숙해 보이려고 전철역 화장실에서 옷매무새도 점검하고 화장도 고쳤다. 이만하면 그리 어려 보이지는 않을 것 같았다. H가 버스정류장에 서성이고 있을 때 B는 좀 떨어져서 두 사람의 상황을 지켜보기로 했다. B는 두 사람이 어디에 들어가면 다시

나올 때까지 기다렸다가 함께 돌아가곤 했다. 물론 외부에서 단속반이 뜬다거나 할 때 긴급하게 알리는 역할도 했다.

잠시 후 한 남자가 H에게 다가와 슬그머니 말을 걸었다.

"혹시… 쭉쭉빵빵?"

30대라던 그는 40세도 넘어 보이는 중년 남성이었다. H는 속으로 찔끔했지만 태연한 척 미소를 지었다. 심장이 쿵쿵거리기 시작했다.

"네. 따도남이세요?"

그는 고개를 끄덕이고는 자연스럽게 H의 어깨에 손을 얹으며 걸음을 옮겼다.

얼마 뒤 두 사람은 도로변을 벗어나 뒷골목으로 들어섰다. 숙박업소 간판이 여기저기 걸린 골목이었다. 그중 한곳으로 그가 앞서 들어가자 H는 슬쩍 뒤를 돌아보며 따라 들어갔다. 저 뒤쪽에서 B가 따라오고 있었다.

B는 밖에서 망을 보고 있었다. 그런데 30분 정도가 지났을 때 갑자기 화장실에 가고 싶어졌다. 하루 종일 빈속에 커피만 마신 탓에 탈이 난 것이다. 잠시 망설이던 B는 황급히 근처 교회 화장실로 뛰어 들어갔다. 그런데 공교롭게도 그사이 단속반이 들이닥치고 말았다. 나이 차이가 커 보이는 두 사람이 모텔로 들어가는 것을 우연히 본 정의로운 행인이 신고를 했던 것이다. B가 화장실에서 돌아왔을 때는 두 사람을 태운 경찰차가 골목을 막 빠져나가고 있었다.

경찰 조사 결과 H를 만난 따도남은 47세의 직장인이었으며, 자녀도 둘이나 있는 평범한 가장이었다. 그러나 그는 이미 여러 차례 인터넷 채팅을 통해 가출 청소년에게 돈을 지불하고 특별한 만남을 가져온 사람이었다.

흔히 이런 행위를 가리켜 '원조교제'라 하는데, 이는 일본에서 넘어온 표현이다. 서로 사귄다는 뜻이 담겨 있는 원조교제보다는 '청소년 성매매'라는 표현이 좀 더 정확하다고 할 수 있다. 2000년대 들어 인터넷이 발달하면서 청소년 성매매는 더욱 극성을 부리고 있다. 학교에서 친구들과 함께 미래와 꿈에 대해 생각하고 고민해야 할 청소년들을 성인 사회의 왜곡된 성문화의 희생양으로 만든 원인은 무엇일까.

기본적으로 이 현상은 우리 사회의 성과 관련된 의식구조의 문제점에서 연관성을 찾을 수 있다. 즉, 전통적으로 성에 대해 금기시하는 반면 다른 쪽에서는 성과 관련된 서비스업이 다양하게 발달한 우리 사회의 도덕적 이중성이다. 또한 인터넷 등 정보·통신수단이 발달하면서 청소년들이 어릴 때부터 그와 관련된 자극적·부정적 정보에 노출되고 성 개방 의식도 급격히 확산되기 시작했다. 언제부터인가 가족이 시청하는 텔레비전에서조차 과다 노출과 성적 자극이 이어지면서 가치 기준이 미처 정립되기 전의 아동, 청소년들에게 왜곡된 정서가 주입된 것이다.

이로써 성에 대해 그릇된 가치관을 먼저 지니게 된 청소년들은 자신들도 모르는 사이에 성인들의 퇴폐·향락산업의 도구로 전락하고 말았다. 온전한 사고 체계와 가치관이 정립되기 전에 심어진 왜곡된 정서는 무엇이 옳고 그른가에 대한 도덕적 판단을 불가능하게 한다.

청소년 성매매는 원칙적으로 성매매가 불법인 우리나라에서 음성적으로 성을 구매하려는 성인들과 돈이 필요한 가출 청소년의 요구가 합쳐져 성립된다. 그렇다면 성매매를 합법화하면 모든 문제가 해결될까. 그러면 굳이 미성년자이자 자기 자식뻘인 청소년들과의 거래가 없어질까.

중요한 것은 그릇된 도덕적 신념을 바로잡는 게 아닐까. 돈이면 나이에 상관없이 성을 살 수 있다고 여기는 물질만능주의와 저급하고 비윤리적인 사고방식, 단속에 걸리지만 않으면 된다는 눈 가리고 아웅 하는 식의 이기적인 생각을 버려야 할 것이다.

또한 돈벌이를 위해서라면 코흘리개 아이들까지 광고 수단으로 이용하고 인간을 성상품화하는 부도덕한 대중매체의 각성도 필요하다. 특히 개인의 생사를 좌우할 정도로 큰 대중매체의 영향력을 생각할 때 올바른 도덕적 기준을 설정해 수위를 조절해나가는 지혜가 절실하다.

오늘날 퇴폐·향락산업의 홍수 속에서 가장 큰 피해자는 누구일까. 만약 내 가족이 청소년 성매매의 당사자가 된다면 어떻게 해야

할까. 남이라면 처단해야 할 대상이지만 내 가족일 때는 생각이 달라
질 수도 있을까. 아무리 개인의 자유와 행복을 위한 권리가 존중되고
선택이 보장되는 시대라 해도 결코 무너지지 말아야 할 도덕적 기준
은 무엇인지 생각해보자.

CHAPTER

05

참된 가치란 무엇인가

소생확률 낮은 환자에 대한 생명연장시술

경수 어머니는 수년째 병원 침대에 누워 있다. 경수가 초등학교 6학년이던 어느 날 학교에서 돌아오니 어머니가 거실에 쓰러져 있었다.

"엄마, 눈 떠보세요! 왜 그래, 엄마!"

경수가 붙잡고 흔들어보았으나 어머니는 의식을 찾지 못했다. 평소에도 혈압이 높았는데 그만 뇌출혈을 일으킨 것이다. 병원에서는 조금만 더 빨리 발견되었으면 의식을 찾았을지도 모른다고 했다. 경수는 그것이 자신의 잘못인 것만 같아 죄책감을 느꼈다.

병원으로 옮겨진 날 이후로 어머니는 수년째 의식을 회복하지 못한 채 그저 숨만 쉬며 누워 있었다. 어머니의 병원비와 생활비, 경수 형제의 교육비를 벌기 위해 아버지는 하루도 쉬지 못하고 바쁘게 일했지만 시간이 갈수록 형편은 어려워져갔다.

"이러다가는 이 집도 팔아야 할 것 같구나."

어머니가 쓰러진 지 3년 만에 경수네는 오순도순 함께 살던 아파트를 팔고 변두리의 작은 전셋집으로 옮겨야 했다. 처음에는 여러 친척들이 자주 들여다보며 병원비도 조금씩 도움을 주었다. 그러나 1년, 2년 세월이 흐르면서 어머니의 증세 호전에 대한 기대가 줄어드는 만큼 사람들의 발걸음과 도움도 뜸해졌다.

그와 함께 경수, 영수 형제의 표정도 점점 어두워졌다. 어머니의 손길이 닿지 않는 집안 살림은 세 식구가 아무리 열심히 쓸고 닦아도 빛이 나지 않았다. 언제 끝날지도 모르는 병원비 마련을 위해 다니던 직장을 진작 그만둔 아버지는 돈을 많이 벌기 위해 밤낮으로 노력했지만 마음대로 되지 않았다. 지친 얼굴로 쓰러져 잠든 아버지를 볼 때마다 경수는 모든 것이 자기 탓이라는 생각에 괴로웠다.

'내가 그때 조금만 더 빨리 집에 갔더라면…….'

그날따라 경수는 학교가 끝난 뒤 학원도 빼먹고 친구들과 놀다 평소보다 늦게 집으로 돌아왔던 것이다. 아무도 경수를 탓하지 않았지만 소년의 마음 한구석에는 늘 죄책감이 걸려 있었다. 그럴 때마다 속으로 혼자 다짐했다.

'의사가 되어서 어머니를 꼭 다시 살려내고 말 거야! 엄마, 제가 의사가 될 때쯤이면 의술도 더 발달할 테니 조금만 더 버텨주세요. 제가 꼭 자리에서 일으켜드릴게요!'

그러던 어느 날 경수는 아버지와 큰아버지, 고모가 심각한 얼굴로 어머니에 대해 이야기하는 것을 우연히 듣고 큰 충격을 받았다. 경수도 어른들의 걱정을 모르는 바 아니었지만 어머니를 포기하라는 말에는 절대 동의할 수 없었다. 단지, 말을 못하고 사람을 알아보지 못할 뿐 멀쩡히 살아 있는 사람을 죽이라는 말이 아닌가. 생각만 해도 끔찍했다. 다행히 자신과 마찬가지로 어머니의 소생을 믿는 아버지의 단호한 태도에 안도하면서도 경수의 근심이 아주 사라진 것은 아니었다.

그 후로도 이따금 친척들이 다녀간 뒤에는 아버지의 한숨이 더 깊어지곤 했다. 그렇게 시간이 흐르는 동안 영양 공급 튜브로 연명하던 어머니의 심장 기능이 점점 떨어지더니 어느 순간 눈에 띄게 나빠지기 시작했다.

"환자의 나이도 있고, 원래 심장 기능도 좋지 않았기 때문에 앞으로 더 위험합니다. 어느 순간 심장이 멎어버릴 수도 있어요. 심장이식을 해야 할지도 모릅니다."

의사의 말에 가족들은 할 말을 잃었다. 심장이 갑자기 멎을 수도 있으리라는 생각은 미처 하지 못했던 것이다. 게다가 그렇게라도 계속 살리려면 심장이식을 해야 한다는 말에 매우 당황했다. 그 말을 듣고 얼마 후 어머니의 심장은 정말로 갑자기 멈추고 말았다. 의료진이 다급하게 심폐소생술을 시행해 일단 심장이 다시 뛰게 조치했지만 그것은 근본적 해결책이 아니었다.

그 후로도 같은 상황이 되풀이되자 큰아버지와 고모는 다시 아버지와 심각한 대화를 나누었다. 다시 심장이 멎으면 영양 공급 튜브를 제거하고 심폐소생술을 하지 않음으로써 강제로 생명을 연장시키지 말자는 내용이었다.

며칠 후 아버지는 경수 형제를 불러 앉혔다. 며칠 사이에 더 지치고 늙어버린 아버지는 금방이라도 쓰러질 것 처럼 보였다.

"애들아, 내가 그동안 많이 생각해봤는데…….."

그 순간, 아버지가 할 말을 짐작한 경수가 다급하게 입을 열었다.

"아빠, 안 돼요! 엄마 살려주세요! 제가 열심히 공부해서 의대 갈
게요. 그럼 살릴 방법을 찾을지도 몰라요."

경수의 외침에 아버지는 참았던 울음을 터뜨리며 형제를 끌어안
았다.

인간은 누구나 죽는다. 경우에 따라 남들보다 빨리 죽거나 좀 더
오래 사는 것이 다를 뿐이다. 그런 의미에서 본다면 모든 인간은 궁
극적으로 시한부 인생을 산다고 볼 수 있다. 언젠가는 죽을 것이므
로 사는 동안 최선을 다해 열심히 살려 노력하고, 그러다 뜻하지 않
게 큰 병에 걸리거나 불의의 사고로 오랫동안 병석에 누워 지내기도
한다.

인간의 힘으로 과연 어느 정도까지 생명을 좌우할 수 있는가. 병에
걸렸을 때 이를 진단하고 최선의 치료를 위해 노력하는 것을 넘어 생
사여탈권까지 인간이 쥐고 있다고 할 수는 없다. 그러므로 문제가 생
긴다. 경수 가족의 상황은 소생 여부가 불투명한 환자에게 생명연장
을 위한 적극적 의료 행위가 옳은가에 대해 묻고 있다. 이 경우 안락
사에 대한 논란이 있을 수 있다.

여기서는 살 의지가 분명한 환자의 생명을 단축시킬 정도로 처음
부터 능동적으로 구체적인 행위를 취하는 '적극적 안락사'가 아니라

환자에게 제공되던 치료를 중단함으로써 환자를 사망에 이르게 하는 '소극적 안락사'라는 점이 중요하다. 이런 조치는 치료 효과가 미미하거나 치료가 환자에게 주는 부담이 너무 클 때 환자, 가족 또는 의사가 치료를 중단하거나 아예 치료를 시작하지 않기로 결정하는 경우에 해당한다.

윤리적으로 보면 환자가 의식이 없어 본인에게 직접 의사를 확인할 수 없더라도 생명이 붙어 있는 한 적극적으로 의료 행위를 하는 것이 옳은 듯하다. 경수 아버지도 사랑하는 아내를 그대로 떠나보내고 싶지 않아 최선을 다했다. 그러나 시간이 흐를수록 가족을 비롯한 주위 사람들에게 희망보다는 절망의 무게가 더해진다. 호전될 기미가 보이지 않을 뿐 아니라 가정이 무너지고 의료비 부담만 점점 더 커지는 상황이 되는 것이다. 그리하여 가족으로서 결코 쉽지 않은 결정을 내려야 할 순간에 직면하고 만다.

만약 우리 가족이 그런 상황에 처한다면, 최선을 다해 노력했지만 더 이상 희망이 보이지 않는다면 어떻게 할 것인가. 남겨진 사람들의 행복을 위해 심폐소생술 같은 적극적 치료를 포기하는 것이 옳을까, 아니면 모든 노력을 다해 끝까지 살리려고 해야 옳을까.

인간으로서 지켜야 할 윤리와 도덕, 그에 상충하는 현실 앞에서 진정 옳은 판단은 무엇인지 고민해보자.

미녀는 괴로워

보름간의 해외 출장을 다녀온 성희 아버지는 집 안으로 들어서다가 깜짝 놀랐다.

"뭐야? 누구세요? 성희 엄마 어디 갔어요?"

아내는 살짝 당황한 듯 대꾸했다.

"왜 그래요? 나야, 여보. 이젠 마누라도 못 알아봐요?"

"무슨 소리야? 다른 사람인데. 어휴, 도대체 왜 그러냐? 왜 멀쩡한 얼굴을 가만 못 놔두고 못살게 굴어?"

40대 중반의 그녀는 외모 콤플렉스가 심해서 몇 년 전 쌍꺼풀 수술을 시작으로 얼굴에 손을 대기 시작했다. 팔자 주름을 교정하기 위해 6개월마다 보톡스를 맞는가 하면 반영구 눈썹문신을 하고, 사각 턱을 살짝 손보기도 했으며, 이번에는 콧날을 세우기 위해 또 한 번 칼을 댄 것이다.

그녀는 남편이 출장을 갈 때마다 덩달아 성형외과를 찾았다. 처음 엔 아무도 그녀가 그렇게까지 성형에 관심이 많은 줄 몰랐다. 그저 약간의 손질로 자신감을 찾게 된다면 그리 나쁘지 않다고 생각했을 뿐이다. 그러나 점점 과감해지는 그녀의 병원 출입은 걱정을 넘어 우려의 단계로 들어서고 있었다.

"여보, 어때요? 콧날이 제법 오뚝해졌지? 매부리코가 늘 마음에 걸렸단 말이야! 그러고보니 눈가랑 이마에 주름이 남았구나."

수술을 하고 난 뒤에는 또다시 거울을 들고 다음에 고칠 곳을 찾기 시작했다. 텔레비전을 보다가도 오랜만에 등장하는 외모가 바뀐 연예인들을 보면 어디를 손댔는지 귀신같이 찾아내고는 이러니저러니 품평을 했다. 어느새 성형은 그녀에게 중요한 삶의 일부가 되었다.

"엄마가 이 모양이니 하나밖에 없는 딸도 덩달아 그러는 거 아냐?"

고등학교 2학년인 성희는 엄마처럼 성형을 한 것은 아니지만 외모에 유달리 관심이 많았다. 남들이 보기에는 아주 마른 체격인데도 늘 뚱뚱하다고 여기며 1년 365일 다이어트를 하느라 고생이었다.

사실 어릴 때 우량아 소리를 듣고 자란 성희는 친구들의 놀림에 상처받았던 일을 잊지 않고 있었다. 중학교 때는 160센티미터의 키에 몸무게가 80킬로그램이 넘었던 것이다. 중학교 3학년 겨울방학 어느 날, 성희는 텔레비전에서 석 달 만에 30킬로그램을 감량하고 모델로 데뷔한 어느 연예인을 보았다. 그러고는 다음 날부터 살인적인 다이어트에 돌입했다.

"좋아, 어디 누가 이기나 해보자! 나도 고등학교 가면 아무도 못 알아보게 만들 거야!"

성희는 물과 야채, 삶은 달걀 흰자위와 닭가슴살 정도만 최소한으로 먹으며 찜질방에서 몇 시간씩 땀을 빼며 노력한 결과 불과 50일

만에 25킬로그램을 줄이는 데 성공했다.

다이어트를 시작하며 다짐했던 것처럼 고등학교에 가서 만난 옛 친구들은 성희를 얼른 알아보지 못했다.

"어머머! 너, 성희 맞니? 어머나! 방학 동안 어디 갔나 했더니 죽어라 살을 뺐구나? 완전 대박이다! 살이 빠지니까 딴사람 같다, 너!"

친구들은 180도 달라진 성희의 모습에 놀라움과 부러움을 감추지 못했다. 그럴수록 성희는 다이어트를 멈출 수 없었다.

'앞으로 10킬로그램은 더 뺄 수 있어.'

그 후로도 성희는 삶은 달걀과 닭가슴살로 연명하며 더욱 날씬한 몸매를 위해 긴장의 끈을 놓지 않았다. 그리고 이제는 누가 보아도 아주 말랐다고 할 만큼 심각한 상태가 되었는데도 다이어트를 멈출 수 없게 되었다.

어머니가 보기에도 성희의 모습은 위태로웠다.

"얘, 이제는 좀 적당히 먹으면서 해. 그렇게 계속하다가는 쓰러지겠어."

"아냐, 아직도 뱃살이 몇 겹인데? 조금만 더하면 돼. 엄마한테 성형수술 좀 그만하라고 그러면 좋겠어요? 내 눈에는 엄마 코가 전혀 이상하지 않았는데 엄마는 그게 불만이었잖아? 나도 마찬가지야. 자기 기준에 맞지 않으면 아닌 거야. 그러니까 나한테 뭐라고 하지 마세요!"

어느 날 성희가 이렇게 쏘아붙이자 어머니는 정신이 번쩍 들었다.

"어휴, 내가 미쳤지. 정말 큰일이다. 어쩌다 우리가 이렇게까지 됐니? 이제 와서 돌이킬 수도 없고… 너나 나나 되돌리기에는 너무 멀리 와버렸구나."

언제부터인가 우리 사회에 성형과 다이어트 열풍이 불어닥쳤으며, 이것은 대중매체의 영향을 빼놓고는 얘기할 수 없다. 연예인들은 재능이 아니라 성형이나 다이어트로 자신의 이전 모습에서 완전히 탈피해 주목을 끌기 시작했다. 그냥 살을 빼기만 하는 것도 아니고 여기저기 잘라내고 다듬어서 윤곽선과 모양을 완전히 다르게 변모시키기 일쑤다. 처음에는 그런 모습이 낯설고 어색하지만 반복적으로 접하면서 시청자들도 어느새 그것이 미덕이라도 되는 것처럼 착각하게 된다. 이렇듯 외모에 대한 왜곡된 신념이 사회에 만연해 대중의 사고를 변화시킴에 따라 대중들도 비판 없이 그 대열에 합류하게 된 것이다.

우리 사회의 외모지상주의는 아무리 실력이 뛰어나도 외모가 받쳐주지 않으면 실력을 발휘할 기회조차 얻기 힘들다는 편견을 낳았으며, 결국 실력이 아닌 외모로 승부하는 세상이 되어버렸다. 외모지상주의의 극단에 서 있다고 할 패션모델들의 경우를 보자. 전통적으로 모델의 기본 조건은 마른 체형이라고 해도 틀리지 않을 것이다. 그러다보니 그들은 살을 빼고 살이 찌지 않기 위해 필사적으로 생활

해야 한다. 몇 년 전에는 살을 빼야 한다는 강박증에 시달리던 브라질과 프랑스의 여성 모델이 지나친 다이어트로 인한 신경성 식욕부진, 즉 거식증으로 사망하면서 큰 파문을 일으키기도 했다.

그렇다면 외모에 대한 관심은 언제부터 생겨났을까. 먹고사는 데 바빴던 시절에는 외모에 신경쓸 겨를도 없었다. 그러나 급속한 경제성장을 이루고 차츰 삶에 여유가 생기면서 우리나라 사람들도 생존을 위한 삶이 아닌 누리는 삶에 관심을 가지게 되었다. 여행과 휴식을 찾고 자신에 대한 투자가 늘어나는 동시에 대중매체를 통해 상업주의와 결탁한 외모지상주의가 빠르게 확산되면서 미에 대한 전통적 가치관도 흔들리게 되었다. 급기야 팔등신의 서구적 외모를 아름답다고 느끼기 시작한 것이다.

이런 가치관의 변화는 특히 정체성과 도덕적 판단력이 불안정한 청소년들에게서 더 심하게 나타난다. 그들은 스펀지와 같아서 모든 정보와 변화를 비판 없이 빠르게 받아들이기 때문이다. 자기만의 가치관과 정체성이 완성되지 않은 상태에서 급속히 유입되는 새로운 가치 체계와 도덕률은 많은 혼란을 가져온다. 청소년들은 무조건적으로 수용하며 그대로 닮고 싶은 욕구도 크기 때문에 성인들보다 청소년들에게 미치는 영향이 클 수밖에 없다.

아무리 외모지상주의가 만연해도 건강을 위한 다이어트와 기능적 불편을 해소하기 위한 성형수술 외에 부모가 물려준 고귀한 유전자인 자신의 외모를 뜯어고치는 것만이 능사일까. 정말 실력이 뛰어난 사람이 최후의 승자가 되는 세상이 정의로운 세상일 텐데 너도나도 타고난 외모에서 벗어나려는 시도를 하는 것이 과연 올바른 선택일까.

어떤 사상이든 비판 없는 수용은 답습으로 이어질 뿐이다. 서양인들은 오히려 동양적 미의 장점을 발견하고 열광하는데, 정작 우리는 우리만의 전통적 아름다움을 배척하고 서구의 미적 기준틀에 스스로를 우겨넣으려 하고 있다. 진정한 미의 기준, 자신에게 주어진 여건을 진정으로 누리기 위해 필요한 미덕은 무엇일까.

청소년 심야 온라인게임 셧다운제도

"아들아, 제발 그만하고 밥 좀 먹어!"

2년 전 중학교 3학년에 학교를 그만둔 J는 집안에 틀어박힌 채 컴퓨터 게임에 빠져 있다. J는 초등학교 6학년 때 이혼한 어머니와 단둘이 살게 되면서 컴퓨터 게임에 빠져들었다. 이혼 초기에 어머니는 홀로 아들을 키우기 위해 아침부터 밤늦게까지 바쁘게 일하느라 가정조차 돌아볼 여유가 없었다. J는 학교에서 돌아오면 빈집에서 컴퓨터에 매달렸고 어느 순간부터 게임이라는 새로운 세계에 눈을 뜨게 되었다.

"아니, 아직도 안 자니? 공부는 다 했어?"

어머니가 밤늦게 지친 몸을 이끌고 돌아올 때까지도 J는 컴퓨터 앞에서 떠날 줄 몰랐다.

"어? 벌써 시간이 이렇게 됐네? 한 시간만 더 하다가 잘게요."

그렇게 조금씩 늘어난 게임 시간은 어느덧 날이 샐 때까지 이어지기도 했다. 어느 날은 그대로 날밤을 새고 습관적으로 등굣길에 나서곤 했다. 어느덧 3년여가 흐르자 J는 컴퓨터 게임에 대해서는 누구보다 훤히 알게 되었지만, 상대적으로 학교 생활은 절망적이었다.

결국 학교를 그만둘 즈음에야 아들이 컴퓨터 게임에 중독됐다는 것을 안 어머니는 그때부터라도 바로잡기 위해 애를 썼다. 보수는 적더라도 남들처럼 아침에 출근하고 저녁에 퇴근할 수 있는 일자리도 새로 구했다. 아무리 경제적인 필요에 따른 것이었다 해도 그동안 너무 무심했다는 생각이 들었다.

어머니는 아들과 함께 시간을 보내며 대화의 시간을 가지려고 노력했다. 고등학교 2학년에 올라갈 나이가 되어서도 오로지 컴퓨터 게임에만 몰두하는 아들을 바라보는 어머니의 가슴은 찢어지는 듯했다.

"엄마가 그동안 너한테 너무 무심했구나. 정말 미안하다. 이제부터 나도 달라질 테니 너도 게임을 좀 자제하면 좋겠어. 아무리 학교를 안 다녀도 그렇지 영원히 게임만 하며 살 건 아니잖아? 그렇게 밤

새도록…….”

“에이 씨, 갑자기 왜 이래!? 그냥 하던 대로 하셔, 남 일에 간섭하지 말고! 짜증나게!”

그러나 이제 아들은 어머니의 관심을 부담스러워할 뿐이었다. 다가가려 애를 쓰면 쓸수록 어머니는 아들이 너무 먼 자기만의 세계로 떠나버렸음을 확인했다. 그러나 아들을 포기할 수는 없었다. 그래서 인터넷 사용료를 내지 않거나 전기를 내리거나 컴퓨터를 숨겨보기도 했지만, 아들은 변하지 않을뿐더러 심하게 화풀이를 하며 폭행까지 했다.

어느 날 어머니는 아들이 잠깐 자리를 비운 사이 큰맘 먹고 컴퓨터를 부숴버렸다. 나중에 그 사실을 안 아들은 미친 듯이 날뛰었다. 가재도구를 사방으로 집어던지며 난동을 부려도 분이 풀리지 않는지 어머니를 주먹으로 때리고 욕설을 퍼부었다.

“미쳤어? 왜 갖다 버려! 당장 컴퓨터 사와! 얼른 사내라고! 죽고 싶어? 왜 멋대로 해? 당장…….”

흉기를 들고 악을 쓰는 아들에게 생명의 위협을 느낀 어머니는 결국 피시방에 갈 비용을 주는 조건으로 우선 협상을 하고 말았다. 그렇게 몇 만 원을 받아 챙긴 J는 풍비박산이 난 집 안은 뒤돌아보지도 않고 밖으로 뛰쳐나갔다. 그길로 피시방으로 달려간 J는 꼬박 사흘 동안 한숨도 자지 않고 폭력적인 살인게임의 세계에서 광란의 시간을 보냈다.

　사흘째 오후가 되자 잠이 부족한 상태에서 집중력이 떨어져 게임이 마음대로 풀리지 않았다. 몇 시간째 계속 궁지에 몰리자 J는 더 이상 참지 못하고 거칠게 의자를 밀치며 자리에서 일어섰다. 그러고는 몹시 분한 표정으로 어둑어둑한 실내를 두리번거렸다. 그때 카운터에서 아내가 깎아주는 사과를 먹던 피시방 주인이 말했다.

　"야, 너 뭐 찾냐? 갈 거면 돈이나 제대로 내고 가!"

　그 순간 카운터로 다가온 J는 과일 깎던 칼을 거칠게 빼앗아 피시방 주인의 몸을 사정없이 찔러대며 "You lost, I win… I win……." 하고 중얼거렸다. 아무도 말릴 새 없이 순식간에 일어난 일이었다. 칼을 빼앗긴 여자도 너무 놀라 그 자리에 얼어붙고 말았다. J는 때마침 피시방으로 들어오다 끔찍한 광경에 놀라 비명을 지르는 죄 없는 여학생에게도 무참하게 흉기를 휘두르고는 그대로 달려나갔다.

　그러고는 퇴근 무렵의 붐비는 거리를 헤매며 닥치는 대로 행인들을 해치다가 신고를 받고 출동한 경찰에게 붙잡히고 말았다. J는 어느 순간 폭력적인 게임 속의 캐릭터가 되어 있었던 것이다.

　잊을 만하면 한 번씩 사회면 뉴스의 주인공이 되는 게임 중독 청소년들의 이야기는 남의 나라 일이 아니다. 컴퓨터는 우리 생활에 필요한 매체지만 중독될 경우 J처럼 게임을 모방하거나 현실과 가상 세계를 혼동하는 극단적 상황에 이를 수도 있다. 게임에 몰입하다보니 자신이 곧 그 캐릭터가 되어버리는 것이다. 컴퓨터에 노출되는 시간이 늘어날수록 이런 위험이 커질 뿐 아니라 가정과 가족이 해체되어 부모나 보호자의 무관심 속에 오래 방치될 경우 매우 심각한 사회문제를 일으키기도 한다.

이러한 상황에 대처하기 위해 다양한 해결책을 찾던 가운데 기성세대들은 '청소년들의 온라인게임 셧다운제도'를 생각해내기에 이르렀다. 일명 '신데렐라법'이라고도 불리는 이 제도는 2011년 4월 말 국회 본회의를 통과해 빠르면 11월부터 시행될 것이다.

게임 셧다운제도는 자정부터 다음 날 오전 6시까지 만 16세 미만 청소년의 온라인게임을 차단하는 제도다. 이 제도는 청소년들이 게임에 지나치게 빠져드는 것을 막기 위해 청소년의 심야 온라인게임 차단을 목적으로 하는데, 다수의 교사와 학부모들이 이를 지지하고 있다.

청소년기에는 충분한 수면이 매우 중요하다. 수면 시간이 1시간 줄어들 때마다 정신적 장애 수준이 5%씩 증가한다는 연구 결과도 있다. 심리적 장애 증상을 보일 확률도 잠이 부족한 청소년들에게서 당연히 더 높게 나타난다고 한다. 자는 시간에 성장호르몬이 분비되므로 신체적·정신적 건강에도 밤은 중요한 시간임에 틀림없다. 또한 컴퓨터 게임의 속성상 한번 재미를 붙이면 쉽게 멈추기 어려우므로 자신의 의지력으로 조절하기 어려운 청소년을 위해 강제적 개입이 필요하다고 지지자들은 강조한다.

그러나 제도의 신중한 재검토를 주장하는 입장에서는 강제적 셧다운제도가 청소년의 자율권을 침해할 뿐 아니라 초기에는 일시적으로 게임 시간이 줄어드는 효과가 나타날 수도 있지만 장기적으로는 새로운 대안을 찾는 부작용이 나타날 수 있다고 우려한다.

정신적·신체적 건강을 생각해 모든 게임을 강제로 차단한다 해도 청소년들이 기성세대가 원하는 모습으로 쉽게 변화될지도 미지수다. 오히려 이 같은 강압적 제재는 부모와 자녀 사이에 더욱 부정적으로 작용할 공산이 크다.

청소년들의 미래를 위해 마련한 제도가 강압성을 띨 경우 그것은 과연 도덕적인가. 어떤 일이든 스스로의 의지에 따라 판단하고 결정할 때 비로소 도덕적이고 바람직하지 않을까. 자율을 무시한 채 법에 따라 일방적으로 이루어지는 제재 행위가 민주 사회에서 용인되는 현실이 청소년들에게 무엇을 가르치겠는가.

그동안 부모와 청소년 자녀 사이에 부족했던 것은 혹시 관심, 대화, 신뢰감 등의 의사소통, 감정소통은 아니었을까. 만약 내 부모가 셧다운제도를 찬성해 이후 그것을 적용한다고 하면 어떻게 대응할지, 서로의 선택의 자유와 권리를 침해하지 않는 범위 안에서 어떤 올바른 대안이 있을지 생각해보자. 정말 바람직한 새로운 대안이 가능할까.

아빠는 파파라치

수년 전부터 손대는 사업마다 실패를 거듭한 40대의 C씨는 삶의 의욕을 잃었다. 사람을 잘 믿는 바람에 사기를 당하고 돈을 떼인 것도 한두 번이 아니었다. 실패가 반복되자 그는 점점 무기력해졌고, 어느새 생계는 식당일을 하는 아내가 떠맡고 있었다. C씨는 중학교와 고등학교에 다니는 자녀들을 위해서라도 어떻게든 재기를 해야 했지만 그것은 쉽지 않았다.

어느 날 C씨는 '불법 신고 포상금제도'에 관한 뉴스를 접하게 되었다. 이는 교통법규 위반이나 쓰레기 무단 투기, 담배꽁초 무단 투기, 부정 · 불량식품 등 사회 전반에 걸쳐 불법으로 규정된 행위를 신고하면 포상금이 지급되는 제도다. 뉴스에서는 심야 교습 시간 위반 및 학원비 과다 징수 등 학원의 불법 영업 행위를 신고하는 시민에게 최고 200만 원의 포상금을 지급하는 학원 불법 영업 신고 포상금제도에 대한 내용이 흘러나왔다. 그 순간 그는 귀가 번쩍 뜨였다.

'그래, 바로 저거야! 밑천 안 들이고 할 수 있는 일! 왜 내가 저걸 몰랐지?'

그때부터 C씨는 불법 신고 포상금제도에 대해 자세히 공부하는 한편 필요한 물품을 준비했다. 그리고 고심 끝에 쓰레기 무단 투기나 담배꽁초 무단 투기, 일회용품 사용 제한 등 좀 더 쉽게 대상을 찾을 수 있는 쪽에 초점을 맞추기로 했다.

얼마 동안 주변을 탐색한 뒤 그는 다음 날 아침부터 현장에 뛰어들었다. 우선 많은 사람들이 모이고 흩어지는 역이나 시장, 극장, 유흥가 등을 돌며 무단으로 버려진 쓰레기가 있는지 살피다가 목표물을 발견하면 증거 사진을 남기는 것이다. 이를테면 담배꽁초 무단 투기는 역 주변에서 손님을 기다리는 택시 기사들이 담배를 피우다 무심코 버리는 장면을 재빨리 포착하는 것이다.

처음에는 방법이 서투르고 경험이 부족해서 고생스럽기도 했으나 C씨는 시간이 갈수록 노하우를 터득해나갔다. 그는 어느새 쓰파라치(쓰레기 불법 투기+파파라치)와 꽁파라치(담배꽁초 무단 투기)는 물론 봉파라치(1회용품 사용 제한에 따른 무료 비닐봉투 제공), 카파라치(차량법규 위반), 식파라치(비위생적 식품), 슈파라치(슈퍼마켓의 유통기한 초과 식품)를 모두 합한 '슈퍼파라치'가 되었다.

아침부터 밤늦게까지 하루 종일 구석구석을 누비며 보이지 않는 곳에서 이루어지는 온갖 불법행위를 포착하고 집에 돌아오면 온몸이 물먹은 솜처럼 늘어지기 일쑤였다. 그러나 가슴 한편에서는 시민으로서 올바른 일을 하고 있다는 자부심마저 느꼈다.

'이 일은 나라에서 허가해준 일이고, 내 적성에 딱 맞아. 밑천 없이 한 달에 200~300만 원씩 벌 수 있는 일이 어디 쉽겠어? 이 정도 수고쯤이야 얼마든지 할 수 있어.'

하지만 시간이 흐를수록 그 일에도 점점 많은 경쟁자들이 생겨나기 시작했다. 목 좋은 곳으로 알려진 장소의 뒷골목에서는 파파라치들끼리 언성을 높이는 경우도 종종 있었다. 그럴 때면 C씨는 그들을 타이르기도 했다.

그러던 어느 날 이웃 사람들 몇이 그의 집에 들이닥쳤다. 그가 하루 일과를 마치고 귀가한 직후였다.

"C씨, 나 좀 봅시다! 정말 이러기요? 같은 이웃끼리 그러면 안 되지."

이웃에 사는 한 남자가 몹시 흥분한 목소리로 현관문을 두드렸다. 그리고 흐릿하지만 가로등 불빛 아래서 쓰레기봉투를 뒤지고 사진을 찍는 C씨의 모습이 찍힌 CCTV 사진을 몇 장 집어던졌다.

"이거 당신 맞지? 당신이 쓰파라치 노릇 하고 다닌다는 얘기는 들었는데, 같은 이웃끼리 이러면 안 되지. 내가 쓰레기 갖다 버린 데는 어차피 재개발을 위해 철거 중인 곳이고, 나 말고도 많은 사람들이 그렇게 하는데 왜 우리만 쓰레기 무단 투기범으로 몰아세우는 거야?"

"당신은 쓰레기 그냥 버린 적 없소? 언제부터 그렇게 법을 잘 지켰어!"

"몰카나 찍는 주제에 정의의 파수꾼이라도 되는 줄 알아?"

이웃들은 억울한 듯 고함을 질러댔다.

"쓰레기 투기는 불법입니다. 저는 법을 집행하는 것뿐이고요. 제가 잘못했다면 포상금을 받겠습니까? 모두가 법을 잘 지켜야 하는데 그렇게 안 하니까 저희 같은 사람이 생겨난 것 아닙니까? 저를 무조건 욕하시면 안 되죠."

C씨는 자신이 법의 집행이라는 매우 중요한 역할을 맡은 사람이라고 생각하고 있었던 것이다. 그때까지도 C씨가 정확히 무슨 일을 하는지 알지 못했던 가족들은 사태를 짐작하고는 매우 당황했다. 특히 C씨의 아들은 아버지가 다른 사람의 잘못을 들춰내 고발하는 파파라치 행위로 돈을 벌고 있다는 데 깜짝 놀랐다. 그 제도에 문제가 있다고 생각해왔기 때문이었다.

현재 우리나라에서 시행되고 있는 불법행위 신고 포상금제도는 대략 50여 종이 넘는데, 불법행위를 신고받은 담당 공무원이 현장에 나가 사실 여부와 불법행위의 사실 확인 절차를 통해 사실로 인정되면 신고인에게 신고 포상금이 지급되고, 해당 불법행위자에게는 과태료가 부과된다. 이를 가리켜 '파파라치'라고도 하는데, 이 말은 유명인들의 뒤를 몰래 밟아 사진을 찍은 뒤 돈을 받고 신문에 넘기는 직업적 사진사를 이르는 이탈리아어에서 유래했다. 우리나라에서는 유명인의 사진을 찍는 파파라치 외에 신고 목적으로 일반인의 불법행위 현장 사진을 몰래 찍어 그것으로 이득을 챙기는 업자를 가리킬 때도 사용된다.

이 제도는 2001년부터 시행되기 시작해 현재는 '신고포상금제 천국'이라는 말까지 나올 정도가 되었다. 이에 대해 파파라치를 양산하고 국민들 사이에 불신을 조장한다는 비판론과 함께 행정 공백을 메우고 공공질서를 지키는 파수꾼 역할을 한다는 점에서 긍정적이라는 논리가 맞서고 있다.

불법행위 신고 전문 파파라치는 어느 날 우연히 자연적으로 발생한 존재가 아니다. 그들은 정부의 묵인과 방조 아래 태어나 양산되고 있다. 교통법규 위반 차량을 단속하기 위해 신고포상제도를 마련하자 카파라치들이 신종 직업처럼 양산되는 등 수많은 ○○파라치들이 우리 주위를 감시하고 있다. 그것이 사회 전반에 걸쳐 보편화될 때 불신 풍조를 조장하고 서로 믿지 못하는 사회가 되는 것이다.

그들의 행위는 오로지 돈을 목적으로 한다. 정말 성숙하고 도덕적인 시민의식은 포상금 때문이 아니라 모두의 삶의 질 향상을 위한 궁극적ㆍ도덕적인 의도에서 불법을 바로잡으려 할 때 발휘되는 것이 아닐까.

반면에 행정력을 총동원한다 해도 사회 구석구석에서 암암리에 저질러지는 불법행위를 일일이 단속하는 것은 불가능하므로 시민들의 신고 의식에 협조를 구하는 것이며, 건전한 신고 문화의 정착과 함께 자발적인 시민 의식도 향상시킬 수 있으므로 긍정적이라는 주장도 있다. 또한 급격한 사회 변화 속에서 시민들이 사회 구성원으로서의 기본 책임과 역할에 소홀한 면이 있으므로 이 제도가 시민 의식의 변화를 이끌 수도 있다고 강조한다.

어떤 제도에나 부정적인 면과 긍정적인 면은 있게 마련이다. 그러나 이 제도가 사람들의 반감을 사는 이유는 무엇일까. 시민 각자의 의식 수준이 달라져야 행동의 긍정적 변화가 가능한데 그런 과정 없이 일방적 제제가 가해진 것이다. 벌금을 물지 않으려면 법을 지켜야 한다는 강제성이 사람들의 거부감을 사는 것은 아닐까. 자율이든 타율이든 무조건 법을 지키기만 한다면 그 제도는 도덕적인가.

의도만 본다면 이 제도를 나쁘다고만은 할 수 없을 것이다. 그럼에도 이 제도가 도덕적 공격을 피할 수 없는 이유는 아무리 의도가 좋아도 다른 사람의 잘못을 이용해 이득을 취한다는 점 때문이다. 돈을 목적으로 남의 잘못을 직업적으로 캐고 다니는 불법행위 신고자들도 문제지만, 더 근본적인 문제는 정부가 국민에게 돈을 주며 이런 일을 부추기는 결과를 낳았다는 점이다. 파파라치의 도덕성을 논하기 전에 이처럼 부도덕한 행정을 펼치면서 궁극적으로 사회정의를 꿈꾼다는 것 자체가 가장 큰 모순이 아닐까.

뉴스를 대하는 언론과 여론의 자세

1989년, 우리나라 사람들이 좋아하는 식품인 라면이 한바탕 파문의 주인공이 된 적이 있다. 당시 라면업계에서 우위를 점하고 있던 삼양라면은 다른 업체와 달리 저가의 식물성 팜유가 아니라 값비싼 2등급 쇠기름으로 면을 튀겨 제품을 생산하고 있었다. 삼양라면은 그렇게 20여 년 동안 꾸준하게 품질을 유지하고 있었는데, 어느 날 공업용 기름으로 면을 튀겼다는 혐의로 검찰에 고발되면서 일대 파란을 일으켰다.

이때 언론사들은 일제히 폐기물인 쓰레기 오일을 사용했다는 식으로 보도를 해댔다. 그 결과 삼양라면은 피해를 입고 커다란 위기에 처했는데, 그로부터 몇 년 후 무죄판결을 받았다. 그때 삼양라면에서 사용한 기름은 식용으로 사용해도 문제가 없는 2, 3등급의 쇠기름이었기 때문이다.

2004년에는 만두 파동이 다시 한 번 우리나라를 뒤흔들었다. 다수의 만두 회사들이 만두소 재료로 불량 식품을 사용했다는 것이다. 즉, 쓰레기로 버려야 할 단무지 자투리가 30%가량 재료로 사용되었다는 것이다. 그 당시에도 언론은 뜨거운 보도 전쟁을 벌였다. 그들은 그동안 전 국민이 잘 먹어오던 만두를 하루아침에 '쓰레기 만두'라 칭하며 사회적 여론을 주도했다. 국민들은 이미 산 만두까지 반품하며 환불 소동을 벌인 것은 물론 한동안 만두 구매를 꺼렸다. 얼마 후 그 재료들이 가공 과정에서 완벽하게 위생적으로 다루어지지는 못했으나 인체에 해로운 것은 아니라는 결론과 함께 25개 만두업체에 대해서도 무혐의 결정이 내려졌다.

이 두 사건에서 알 수 있는 사실은 무엇인가. 가장 바르고 공정하게 진실을 찾아 대중에게 알려야 할 언론 매체들의 불공정하고 부도덕한 보도 자세다. 언론인들은 뉴스거리가 발생하면 그 사건의 진실과 이면에 숨겨진 의미까지 취재해서 알릴 의무가 있다. 국민들의 알권리란 바로 그런 충실한 취재와 보도 태도로 보장되어야 한다.

그런데 간혹 그렇지 않을 때가 있다. 정말 진실을 모르기 때문인지, 아니면 취재 경쟁에서 밀리지 않기 위해서인지 경쟁하듯 앞다퉈 기사를 뿌려댈 뿐이다. 그리고 그것은 곧 선정성과 도덕성 상실로 이어진다.

사건의 본질적 내용을 자세히 파악해 최소한 확인된 사실만 보도하려는 자세를 지니는 것이 아니라 고발자의 입장에서만 문제를 부각시킴으로써 선정성을 띠게 된다. 더 자극적인 내용이 없을까 고심할 뿐 그 사건에 연루된 당사자들에게 어떤 일이 일어날지에 대해서는 별로 관심이 없다. '여론몰이'라는 말이 있듯이 바람에 흔들리는 갈대처럼 작은 소문 같은 뉴스에도 민감하게 반응하는 국민들의 입장에서는 특히 먹을거리에 관한 뉴스를 접할 때 더 귀가 쫑긋할 수밖에 없다. 바로 이런 이유에서 가장 바르고 공정해야 하는 것이 정의로운 언론의 자세가 아니겠는가.

물론 시간을 다투는 취재 현장에서 진실과 거짓 여부를 깊이 판단하고 남들과 다른 기사를 쓰는 것이 쉬운 일은 아닐 것이다. 그렇기는 하나 앞에서 본 대로 삼양라면의 기름이 식용인지 공업용인지에 대한 진실이 밝혀지지 않은 상태에서 마치 이미 확인된 진실인 듯 보도한 것, '쓰레기 만두'라는 용어를 써가며 만두소에 도저히 먹을 수 없는 것들을 채워 넣은 것처럼 보도한 태도는 무책임하기까지 하다. 뉴스를 여과 없이 그대로 접하는 국민들로서는 믿음직한 사실로 받아들일 수밖에 없기 때문이다.

이에 따라 여론은 들끓고 관련업체들은 '먹을거리를 가지고 장난치는 파렴치범'으로 몰려 여론 재판을 받게 되므로 법의 심판을 받기 전에 이미 사망 선고를 받은 셈이 된다. 시간이 흐른 뒤 그 혐의가 모두 사실이 아니라는 점이 낱낱이 밝혀진다 해도 당사자들에게는 이미 엎질러진 물이다.

건실하던 기업이 하루아침에 낭떠러지로 추락하거나 심지어 경제적·심리적 고통을 견디지 못해 기업주가 스스로 목숨을 버리는 일까지 벌어진다. 비록 발버둥 치며 간신히 살아남았다 해도 다시 의욕적으로 사업을 추진하기에는 사건의 당사자들이 겪는 후유증이 지나치게 크다.

국민의 알 권리를 위해 일한다면서 정작 발로 뛴 취재 내용의 사실 여부에는 관심 없는 언론의 태도야말로 비윤리적이고 부도덕한 행위라 할 것이다. 그렇게 무책임한 보도로 피해를 입은 사람들에게 누가 보상할 것인가. 사회정의를 위해 최일선에서 뛰는 이들의 윤리

의식에 대한 점검이 필요하지 않을까.

언론은 공정성과 객관성을 생명으로 한다. 사건이 발생했을 때 어느 한쪽의 입장만 대변하거나 편들지 않고 중립을 지키며 사실만을 전달하려 노력하고 섣부른 판단과 개입을 배제해야 한다. 그러나 객관성과 공정성이 사라진 뉴스는 오보와 추측 기사로 채워지게 마련이다. 특히 일부 업체의 비리를 업계 전체의 타락처럼 보도하는 자세도 지양되어야 할 것이다.

물론 언론이 우리 사회에 부정적 영향만 끼치는 것은 아니다. 언론 보도를 계기로 업계 전반에서 나태하고 안일하게 처리되어온 일련의 과정들에 대해 재점검하고 정비하며 새로이 전열을 가다듬는 계기를 삼기도 하기 때문이다.

한편, 언론 보도를 대하는 국민들의 자세는 바람직할까. 뉴스는 신뢰를 바탕으로 한다고는 하나 그 내용이 진실인지를 비판적으로 수용하는 진지한 태도가 필요하지 않을까. 경제 규모 면에서는 선진국이라는 대한민국의 국민으로서 사건만 터졌다 하면 너무 쉽게 동요를 일으키고 재고의 여지도 없이 마녀사냥 식의 여론 심판을 서슴지 않는 의식은 과연 도덕적일까.

양은냄비처럼 쉽게 끓어올랐다가 조금만 지나면 언제 그랬냐는 듯 금방 잊어버리는 태도 역시 올바른 시민 의식이라 볼 수 없다. 그래서인지 잊을 만하면 한 번씩 식재료와 관련된 문제들이 발생한다.

2008년 중국에서 시작되었던 멜라민 분유 소동도 그중 하나다. 인체에 유해한 멜라민이 아기들이 먹는 분유와 과자 속에 들어갔다는 소식에 우리는 또 한 번 가슴을 쓸어내려야 했다.

뉴스를 전하는 언론과 그것을 대하는 국민 모두가 정의로운 사회를 이루기 위해 꼭 필요한 덕목은 무엇인지 고민해보자.

동기가 무엇인가

중학교 2학년 동수와 영훈, 민호 세 친구는 무역센터 전시장에서 열린 모형 자동차 박람회에 갔다. 그들은 일요일 아침 일찍 문을 열 때 입장해 해가 지도록 전시장을 돌며 즐거운 시간을 보냈다. 세계 각국의 모형 자동차들을 구경하느라 시간 가는 줄 모를 정도였지만, 집으로 돌아갈 때가 되자 다리가 아파왔다.

세 친구는 분당 집으로 가기 위해 전철을 탔다. 전철에 오르는 순간 눈에 띄는 빈자리에 동수가 재빨리 엉덩이를 밀어넣었다.

"어휴, 다리 아파 죽을 뻔했다. 나처럼 동작이 빨라야 앉을 수도 있는 거야!"

동수는 두 친구에게 의기양양하게 자랑했다.

"좋겠다! 일요일인데 사람이 왜 이렇게 많지?"

영훈이와 민호도 주위를 둘러보았지만 빈자리는커녕 전철 안은 많은 사람들로 북적거렸다. 몇 정거장을 더 지나갔을 때 한 할아버지가 사람들을 비집고 영훈이와 민호가 서 있는 쪽으로 다가왔다. 그러고는 동수 앞에 버티고 서는 것이었다. 전철의 흔들림에 따라 할아버지의 몸이 이리저리 흔들렸다. 영훈이와 민호는 한쪽으로 조금 물러서면서 동수를 쳐다보았다.

'일어나야 되는 거 아니냐?'

영훈이가 동수에게 눈짓을 했지만, 동수는 그냥 앉아 있었다. 그러면서도 마음속으로는 갈등을 하고 있었다.

'일어나야 하나… 다리가 너무 아파서 좀 더 앉아 있었으면 좋겠는데 어떡하지? 일어날 기회도 놓치고…….'

동수가 고민하고 있을 때 앞에 서 있던 할아버지가 전철이 흔들리는 것을 틈타 동수 쪽으로 휘청거렸다.

"어구구… 미안하다, 애야."

그 순간 동수는 더 버티지 못하고 얼른 일어나며 말했다.

"할아버지, 여기 앉으세요."

"아니야, 괜찮아. 그냥 앉아 있어."

할아버지는 마음과는 달리 그렇게 대꾸했다.

"아니에요, 앉으세요. 전 금방 내려요."

동수가 다시 권하자 할아버지는 미안하다며 자리에 앉았다. 동수는 몸이 피곤하기는 했지만 이내 기분이 좋아졌고, 뒤늦게라도 양보하기를 잘했다고 생각했다.

우리는 이런 경우에 어떻게 대처하는가. 연로한 할아버지는 기력이 약해서 흔들리는 전철에 오래 서 있기가 힘들 것이다. 반면 이제겨우 중학교 2학년인 동수는 힘이 펄펄 넘치는 소년이다. 그러나 하루 종일 서서 돌아다닌 소년도 다리가 아프다. 겉으로 보기에는 양보를 받아야 할 사람이 노인이지만, 동수도 자리를 양보하고 싶지 않을만큼 피곤했다. 그래서 선뜻 자리를 양보하지 않고 잠시 뭉개다가 결국 일어나고 말았다. 썩 내키지는 않았지만 의무감에 따라 자리에서일어난 것이다.

어른에게 자리를 양보하는 것은 왜 도덕적일까. 만약 동수가 끝까지 자리에서 일어나지 않았다면 어떻게 되었을까. 진심과는 상관없이 의무적으로 행동하면 도덕적이라 칭찬받고, 마음에 내키지 않아서 따르지 않는다면 꼭 비난을 받아야 할까.

우리 사회에는 소외되고 어려운 이웃을 위해 조용히 크고 작은 금액을 내놓는 기부자들이 있다. 자기는 셋방살이를 하면서도 1년 동안 번 수입의 거의 대부분을 다른 사람을 위해 내놓는 사람도 있고, 아무도 모르게 수백만 원씩 기부하는 사람도 있다. 그들 중에는 신분을 밝히지 않는 사람도 있고 세상이 다 아는 사람도 있다.

열심히 일해 번 돈이나 재능 따위를 다른 사람을 위해 내놓는 것은 말처럼 쉬운 일이 아니다. 기부자들이 만약 누군가의 압력 때문에 또는 세간의 이목을 집중시킬 목적으로 그렇게 한다면 그 행위는 도덕적일까. 즉, 어떤 행위가 순수한 목적을 잃게 된다 해도 도덕적일지 생각해보자.

소외되고 힘겨운 삶을 사는 이웃들에 대한 동정과 연민으로 자선을 베푸는 경우와 의무감과 사명감만으로 기부하는 경우 어느 쪽이 더 도덕적 행위인가.

동정심은 어느 순간 사라져버리면 더 이상 기부를 하지 않을 수도 있다. 얼마 전 일본에 대지진이 났을 때 우리나라 사람들은 이웃 나라의 불행에 안타까움을 느끼며 자선 모금 행렬에 동참했다. 그러나 얼마 후 독도 관련 일본 교과서 소식이 전해지자 이를 괘씸히 여긴 나머지 기부 행렬도 거의 멈추고 말았다. 이처럼 동정이나 연민에 의해 동기가 이루어진 경우 언제든 행동이 멈출 수 있으므로 차라리 의무감에 의해 이루어지는 행위가 더 도덕적이라고 한다.

기부 행위를 통해 기쁨을 얻을 수도 있으나 목적 자체가 즐겁기 위한 것이라면 어떨까. 그것은 의무에 의한 행위보다 덜 도덕적이지 않을까.

앞에서 동수의 자리 양보와 기부 행위의 공통점은 동기다. 어떤 행동을 하는 데는 의무 동기가 있다. 즉, 마음이 내키지 않더라도 그렇게 하는 것이 옳기 때문에 행동하는 것이다. 그리고 자리를 양보함으로써 느끼는 기쁨을 위해, 기부를 함으로써 느끼는 자기만족(기쁨)을 위해 행동하는 것을 선행 동기라 한다.

결과는 같은데 기쁨을 위해 행동하는 것은 의무 때문에 행동할 때보다 도덕적 가치 면에서는 평가절하된다. 그러나 의무 때문이든 쾌락 때문이든 누군가를 돕는다는 것은 도덕적 행위임에 틀림없다. 다른 사람을 도우려는 의무감을 느끼고 행동함으로써 기쁨도 느낄 수 있다면 가장 바람직하지 않을까.

체벌의 도덕성

Y중학교 2학년에서는 영어 수업이 진행 중이었다. 담당 여교사는 교과 내용을 설명하고 있었다. 그때 뒤쪽 중간에 앉아 있던 O는 스마트폰으로 몰래 채팅을 하고 있었다.

그 사실을 알아차린 담당 교사는 수업을 멈추고 주의를 주었다.

"지금 뭐 하는 거야? 스마트폰은 수업 중에는 꺼야지. 공부 안 할 거야?"

그러나 O는 들은 체 만 체했다. 교사는 대답을 듣기 위해 되물었다.

"수업 안 해? 책은 왜 없냐고!"

"에이 씨⋯ 참견 마세요!"

O는 귀찮다는 듯 짜증스럽게 내뱉으며 그대로 자리를 박차고 일어나 밖으로 나가려 했다. 그 순간 교사는 O를 제지하기 위해 통로를 가로막았으나, 그는 거침없이 여교사를 밀쳐버렸다. 이내 흥분한 교사가 들고 있던 책으로 학생의 머리를 때렸다.

"에이, 왜 때리고 난리야!"

그 순간 O는 화를 내며 주먹으로 교사의 얼굴을 가격했다. 곧이어 교사와 학생은 서로 주먹질을 주고받았다. 주먹질뿐 아니라 험한 욕설이 오갔다. 학생의 입에서도 교사를 향해 거침없는 말이 쏟아져나왔다. 한참 만에 그 소리를 듣고 달려온 옆 반 교사에 의해 사태는 겨우 진정되었다. 학생에게 폭력과 폭언을 당한 교사는 수치심과 분을 참지 못하고 교실을 뛰쳐나갔다.

그 광경은 같은 반 학생의 휴대폰 동영상으로 촬영되어 다음 날 인터넷에 유포되었고, 학교가 발칵 뒤집혔다.

"아니, 이게 어떻게 된 일입니까? 학생 체벌을 금지한다더니 수업 중에 이럴 수가 있어요? 잘 알아듣게 가르쳐도 들을까 말까 한데 때리다뇨? 어디 남의 귀한 자식을……."

학부모는 학교까지 찾아와 해당 교사와 교장 등에게 불만을 터뜨렸다.

"죄송합니다만, 학생이 선생님의 훈계를 제대로 듣지 않고 반항하다가 그렇게 된 것 같습니다."

교장이 이렇게 대변했지만, 학부모는 분노를 가라앉히지 못했다.

이 이야기는 현실 속에서 일어날 법한 상황을 그럴듯하게 꾸며본 것이다. 그러나 현실에서도 이와 매우 흡사하거나 더 비현실적인 체벌(폭력)이 이루어지고 있는 것이 사실이다.

체벌은 교육에서 반드시 필요한 것일까.

체벌에 대한 논란은 교육의 역사와 함께 시작되어 오늘날까지 이어져왔다. 서양에서도 그리스·로마시대부터 근대에 이르기까지 논란이 끊이지 않았다. 플라톤은 체벌 옹호론자였으나 코메니우스와 루소 등은 반대했다. 또한 교육적 효과가 있을 경우 제한적 체벌을 인정하는 사람들도 많았다.

오늘날에는 체벌이 기대만큼 교육적 효과를 발휘하지 못할 뿐 아니라 인권침해 요소가 크다는 문제점을 인식하면서 점차 법률적으로 체벌을 금지하는 나라가 늘고 있다. 영국, 프랑스, 독일, 스웨덴 등 대부분의 유럽 국가와 일본에서는 원칙적으로 모든 종류의 체벌을 금지하고 있다. 예부터 훈육의 하나로 체벌이 사용되어온 우리나라도 2010년 말부터 학생인권조례가 시행됨으로써 학생에 대한 교사의 체벌이 전면적으로 금지되었다.

그러나 체벌에 대한 찬반 논란은 여전히 뜨겁다. 흔히 하는 말에 '말로 안 되면 맞아야 정신을 차린다'는 말이 있다. 이는 다시 말해 교육의 효과를 위해서는 체벌이 필요하다는 뜻이다. 말로 해도 못 알아들으니 교육이 안 되고, 그러니 때려서라도 알아듣게 하면 된다는 뜻이다. 은연중에 이런 말을 사용하면서 우리 모두 체벌과 폭력에 대해 관대해진 것은 아닐까. 신체적인 압력을 가해 상대방이 의사를 변경하도록 하는 것이 교육이라면 매우 비인격적 · 비윤리적이다.

체벌을 찬성하는 측에서는 체벌은 최소한의 노력과 시간으로 교육 효과가 빠르게 나타나며, 한 학생을 본보기로 처벌함으로써 전체를 통솔하는 데 용이하다고 강조한다. 또한 학교 현장 질서를 유지하고 학습 분위기를 조성하는 데 매우 효율적일 뿐 아니라 가치판단 능력이 완성되지 않은 학생들에게 올바른 행위에 대한 준거의 토대를 마련해준다는 장점이 있다고 주장한다.

이에 대해 체벌을 반대하는 측에서는 대부분의 체벌 관련 연구에서 체벌의 교육적 효과가 매우 부정적일 뿐 아니라 학교 체벌을 통해 폭력에 익숙해진 학생들은 나아가 학생들 간의 폭력 행위에서도 폭력을 정당한 것으로 오인할 수 있다고 주장한다. 또한 교사에게 맞은 뒤 자살하거나 정신적 충격을 입고 치료를 받는 경우도 있다는 점을 강조한다.

그렇다면 교권이 추락하고 교사에 대해 폭력 행위까지 서슴지 않는 일부 학생들이 있다 해서 체벌을 허용하는 것은 정의로운 판단일까 고민해보자. 체벌로 보호되는 교권은 과연 얼마나 도덕적 가치가 있으며 존중을 받을 것인가. 학교는 또래 학생들의 인간관계를 통해 인격 형성을 위한 바람직한 교육이 이루어져야 하는 장소다. 교사와 학생의 관계 또한 계급적 수직 구조가 아닌 수평적 구조로 이루어져야 한다.

그러나 충분한 의사소통 이전에 즉시적 체벌을 통해 폭력을 인내하고 학습함으로써 다음 세대의 가해자로 키워지는 것은 아닐까. 대화보다 폭력이 더 쉽고 간단한 해결책이라는 왜곡된 믿음은 다른 사람과의 관계에서도 폭력적 성향으로 나타날 수 있다. 또한 감수성이 예민한 유·청소년기에 겪는 부정적 경험들은 올바른 도덕관념을 형성하는 데도 부정적인 영향을 미칠 수 있다.

체벌이 문제가 되는 곳은 교실만이 아니다. 특히 운동을 하는 학생들의 경우 습관적인 구타나 폭력 수준의 체벌이 훈련 과정의 하나로 자리잡고 있을 만큼 보편적이다. 체벌이든 폭력이든 그런 행위는 대체로 학생과 교사, 유·청소년과 성인 사이의 계급적 현상이기도 하다. 즉, 강자가 약자에게 가하는 지배적 행위인 것이다. 그러므로 체벌과 폭력은 인권침해와 왜곡된 도덕적 신념을 심어줄 수 있다는 점에서 정의롭다고 할 수 없다.

문제 학생을 훈육하는 교사에게도 가치관의 변화가 필요하지 않을까. 체벌과 폭력을 통해 규율에 따르게 하는 억지 교육은 결코 도덕과 정의의 참뜻에 부합되지 않기 때문이다. 현장에서의 자유와 개인의 권리가 존중되며 교사와 학생이 긍정적으로 소통하고 협력할 때 교육의 참된 정의가 실현되지 않을까.

앞의 상황에서 내가 바로 그 학생 또는 교사라면 어떻게 할 것인지, 어떻게 하는 것이 각자의 입장에서 또는 서로의 조화를 위해 바람직하고 도덕적인 행위가 될 수 있을지 생각해보자.

JUSTICE